路上有故事，远方有诗歌

古诗是本旅游书

未艾 著　新开明 编

广东旅游出版社
悦读界·悦旅行·悦享人生

中国·广州

图书在版编目（CIP）数据

古诗是本旅游书 / 未艾著；新开明编. — 广州：广东旅游出版社, 2024.10
ISBN 978-7-5570-3295-1

Ⅰ.①古… Ⅱ.①未… ②新… Ⅲ.①古典诗歌—诗歌欣赏—中国—青少年读物 Ⅳ. ①I207.2-49

中国国家版本馆CIP数据核字(2024)第077096号

出 版 人：刘志松
策划编辑：方银萍
责任编辑：方银萍
绘　　图：棍记
装帧设计：谭敏仪
责任技编：冼志良
责任校对：李瑞苑

古诗是本旅游书
GUSHI SHI BEN LÜYOU SHU

出版发行	广东旅游出版社出版发行
	（广州市荔湾区沙面北街71号首、二层）
邮　　编	510130
邮购电话	020-87347732（总编室）　020-87348887（销售热线）
投稿邮箱	2026542779@qq.com
印　　刷	佛山家联印刷有限公司
	（佛山市南海区桂城街道三山新城科能路10号自编4号楼三层之一）
开　　本	889毫米×1194毫米　32开
印　　张	10.5
字　　数	280千字
版　　次	2024年10月第1版
印　　次	2024年10月第1次印刷
定　　价	58.00元

版权所有　侵权必究

本书如有错页倒装等质量问题，请直接与印刷厂联系换书。

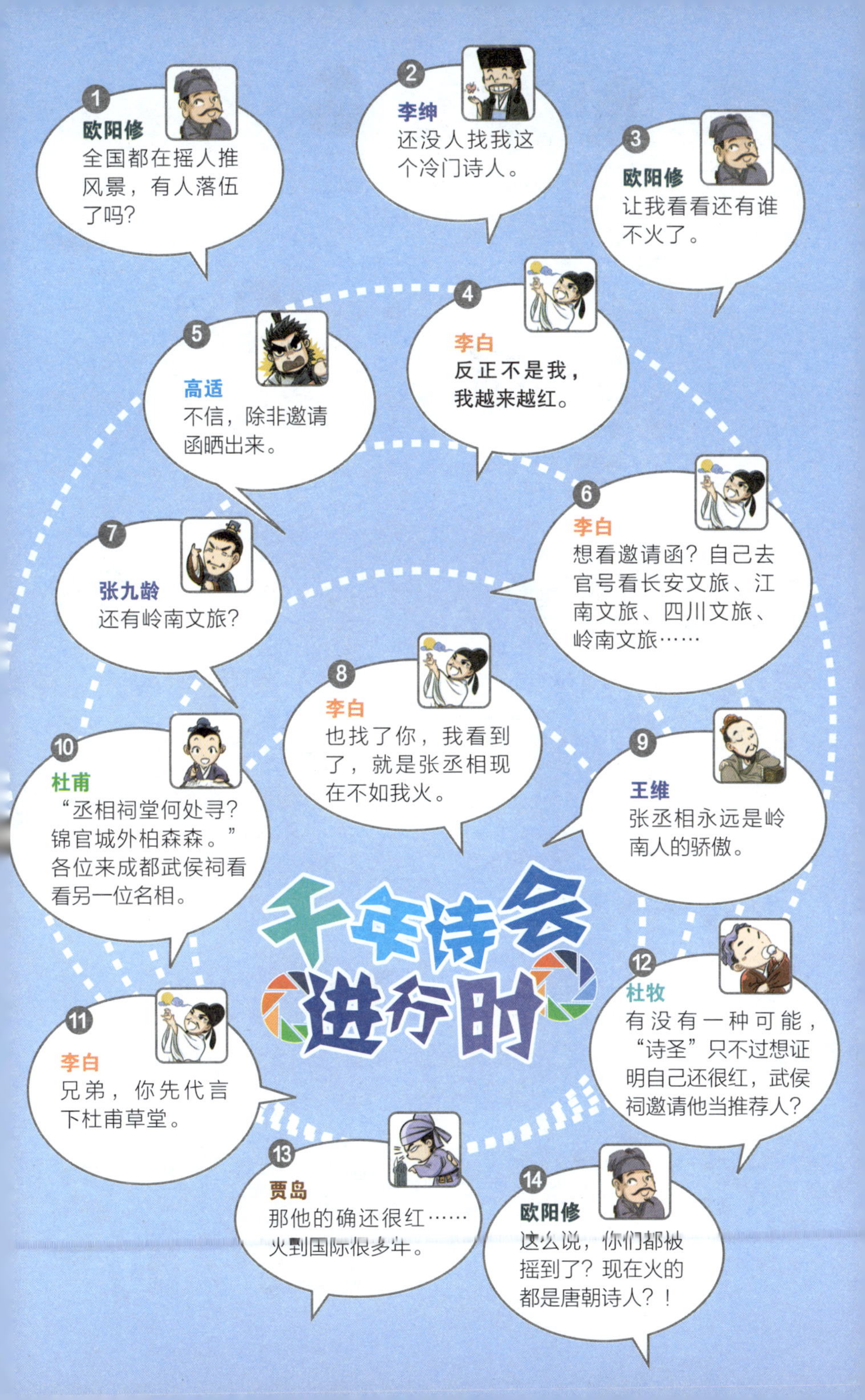

1 欧阳修 全国都在摇人推风景，有人落伍了吗？
2 李绅 还没人找我这个冷门诗人。
3 欧阳修 让我看看还有谁不火了。
4 李白 反正不是我，我越来越红。
5 高适 不信，除非邀请函晒出来。
6 李白 想看邀请函？自己去官号看长安文旅、江南文旅、四川文旅、岭南文旅……
7 张九龄 还有岭南文旅？
8 李白 也找了你，我看到了，就是张丞相现在不如我火。
9 王维 张丞相永远是岭南人的骄傲。
10 杜甫 “丞相祠堂何处寻？锦官城外柏森森。”各位来成都武侯祠看看另一位名相。
11 李白 兄弟，你先代言下杜甫草堂。
12 杜牧 有没有一种可能，“诗圣”只不过想证明自己还很红，武侯祠邀请他当推荐人？
13 贾岛 那他的确还很红……火到国际很多年。
14 欧阳修 这么说，你们都被摇到了？现在火的都是唐朝诗人？！
千年诗会进行时

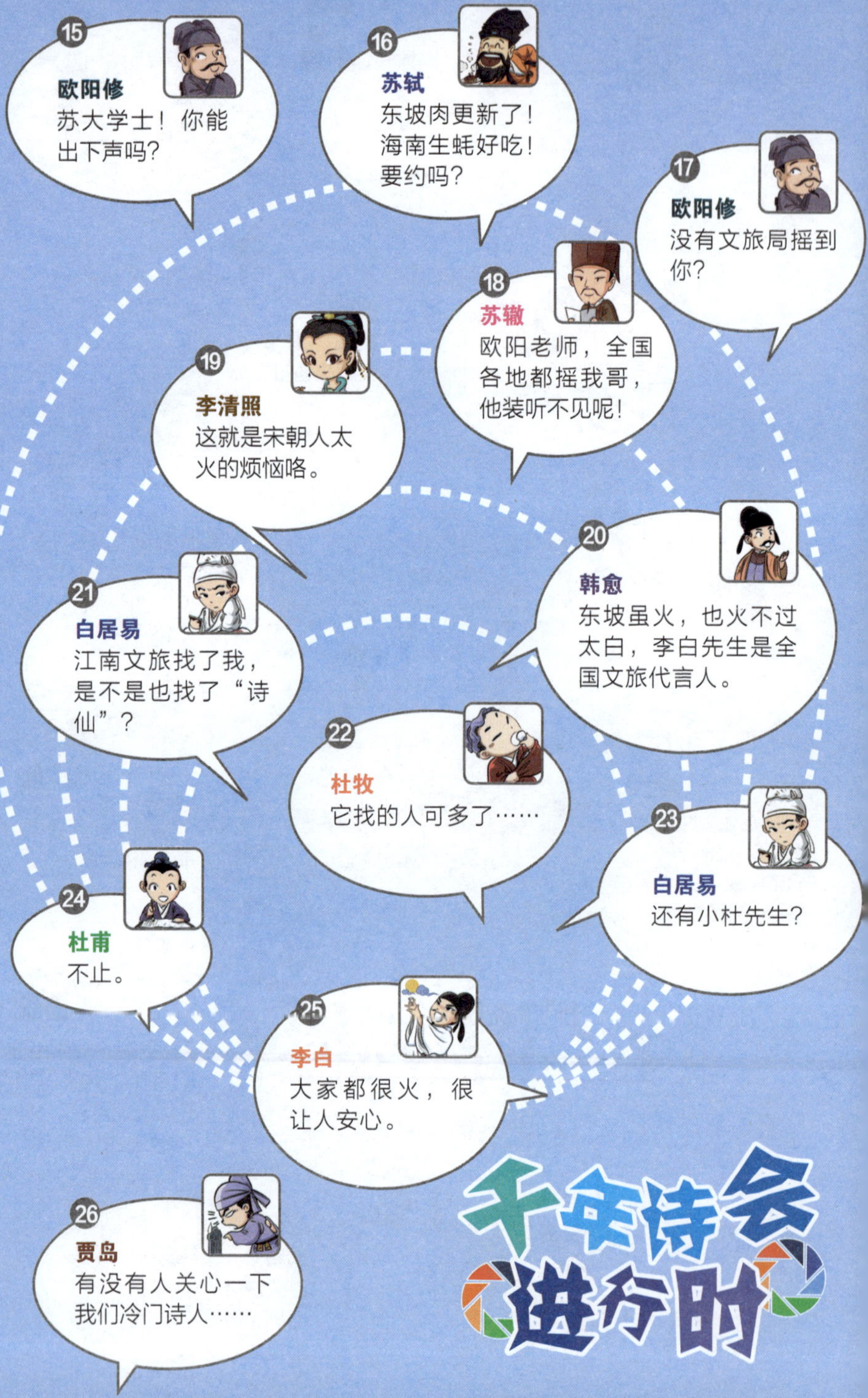

*本书剧场诗人由小朋友扮演，非真实古人哦！

大唐诗会 1
朕听说最近在搞“千年诗会”，没人通知我们？
咱们李唐皇室不出诗人，消息不通。
还好我姓武，我收到邀请了。
“大唐诗会”落选宣传群！
啊，真是丢脸了呢……
千年诗会（500）
李白
大唐壮游群支持千年诗会，巡游路线火热讨论中！
杜甫
宣传群名单已定！都是大火群！
白居易
大唐诗歌俱乐部支持千年诗会！
“大唐诗歌第一推手”韩愈
吃吃喝喝玩乐群支持千年诗会！
杜牧
桂冠诗人群可以宣传。
李贺
大唐诗人互助群也宣传起来！
快想想办法呀！
首先，得有流量；其次，得有流量……

*人物身份请看封面剧场

千年诗会 壹

"千年诗会"的巡游站,大家有什么推荐?

哪儿美食多,就去哪儿。

这个想法很有人性。

那我就不客气了,来给四川拉票啦!

+1。
+1。
+1。
+1。

我的家乡竟然这么火?

比拼一下哪个地方最有人气,各位,开始你们的故事吧!

千年诗会(500)

白居易
千年诗会巡游路线投票进行中!快来参加!有福利!

杜甫
主持人送福利了。

李白
转起来!

"大唐诗歌第一推手"韩愈
支持!

杜牧
福利可以送酒吗?

李贺
想要笔墨……

目录

你在漂泊，我在成名 / 001

成名容易吗，王维同学 / 002

岭南少年，京城名相 / 011

隐居半辈子，现在很迷茫 / 021

想家了，怎么办？ / 030

皇帝侍卫在思乡 / 038

您好，请选个渡劫地点 / 045

性情大变贵公子 / 047

"诗圣"的小幸福 / 054

用一生等待一个好消息 / 061

挽救了大明，却赔上了性命 / 067

用300多首诗发泄一下 / 072

别太爱南方了，诗人们 / 079

京城太可怕，不如去江南 / 080

"江南情书"给了谁 @白居易 / 085

别太爱我了，大诗人@苏轼 / 093

看看是谁把北方忘掉！ / 102

我住西湖边，我怀念英雄 / 111

嘿，旅行群里来一下 117

夜宿山寺，一场特殊体验 / 118

一直在路上，停不下来的感觉 / 122

色彩大师的旅行 / 131

旅行竟有了意外收获 / 139

哪里的诗人讲道理 145

看到一只蝉，讲个道理给你听 / 146

看到一个小池，讲个道理给你听 / 150

庐山辩手选拔赛 / 153

看到一只鸡，讲个道理给你听 / 162

别哭，离别要励志 165

要离别了，写首感恩诗 / 166

这真的是送别诗？ / 172

离别不要哭，要励志 / 178

"奇葩"诗人在各地 185

苦吟诗人上课了 / 189

别人去扫墓，我去喝酒 / 196

一个"吃货"在看画 / 203

朱夫子，你撒谎了 / 209

怪人就要有"奇葩言论" / 212

"向往的生活"在哪儿 217

有鸡吃，约吗？ / 218

变法很累，归去隐居 / 223

南宋的一个四月 / 234

不让我上战场，那我去农村玩 / 241

夏日农村，人都去哪儿了 / 249

大江南北流行曲 259

诗经：采诗官来了，孔子背锅了 / 260

汉乐府：古人也有流行歌曲 / 264

"匿名诗"和早逝太了 / 271

战争中诞生的歌 / 276

语文书上遇见你，冷门诗人 270

"冷门诗人"是如何炼成的 / 284

我来劝你珍惜粮食 / 289

默默无闻的我，当上了裁判 / 293

我姓王，你们都听过我画荷花的故事 / 297

我被皇帝放弃了，所以…… / 300

古代孩童怎么玩 305

一场失败的追蝶行动 / 309

放学了，赶紧放风筝 / 312

牧童出场，戏剧上场 / 316

我的玩法特别吗？ / 319

一个牧童过着牧歌生活 / 322

扫码听 1-9 年级
古诗词故事

你在漂泊，我在成名

> 成名容易吗，王维同学

📍 **漂泊地点**：京城长安

古人有个有趣的想法，他们认为数字有阴阳之分，就像人类有男女之别。一至九这九个数字中，九属"阳"，而有一个日子，简直是"阳"的极点，就是九月九日。这一天有两个九，寓意特别好，人们就把这天叫作重阳日。

唐朝有个叫王维的少年，家在华山的东边。每到重阳日，王维就会跟兄弟们一起佩戴上茱萸，去附近登高。

可是到了15岁那年，王维离开家乡了。他要去京城长安，长安才拥有年轻人向往的一切。

这位年轻人完全具备在唐朝闪闪发光的潜质。他能写很好的诗，能画很好的画，他懂书法，他十分擅长音乐……这位出自望族"河东王氏"的年轻人，从小接受的就是全面的贵族教育。而他也特别争气，早早将唐代各项文艺技能都刷到了"大师级"。

现在，是他去长安闪光的时候了。

但长安岂是一个寻常人容易发亮的所在？

那是大唐所有能人要去的地方，是后来李白想扬名立万的地方，是孟浩然忍不住要去一争高低的地方，是白居易年少前往的地方……

这位年轻人发现，他要成为大唐诗坛的中心，成为众星捧月的那个"月"，还有一些道路要走。而就在这个时候，"京漂少年"王维竟开始患上乡愁了。

佳节来临，重阳花开，他开始思念起了家乡的兄弟，回忆起了一起登高的美好时光，体会到了独在异乡的怅惘。

他还没找到光明大道，他还是一个在京城漂泊的小诗人，他该怎么做？他当然不能任性地跑回家去，他也没有去花天酒地排遣孤独，他用少年清澈的心灵，给自己一天的时间好好体会乡愁，缓缓写下了几句节日感悟：

独在异乡为异客，每逢佳节倍思亲。
遥知兄弟登高处，遍插茱萸少一人。
（唐·王维《九月九日忆山东兄弟》）

登高： 重阳节有登高的风俗。
茱萸： 应为吴茱萸，气味浓烈。重阳节插戴茱萸是一种古代风俗，传说可以避灾克邪。

从此重阳节闻名诗坛。

重阳要登高，重阳要佩戴茱萸，重阳要思亲，重阳是个诗意的节日。

王维思念的家乡"山东"，其实不是山东，而是山西。因为他此时在长安，想到的山是华山，华山东边就是山西——华山之东，太行山之西。

乡愁过后，京城的生活还要继续。

即使全中国的能人都会聚长安，即使李白杜甫也在这个时代，即使更多早已成名的诗人也要来凑热闹，王维也会在这个时代脱颖而出。因为他是王维，他是未来的"诗佛"，他是不可取代的文艺全才。

他终将脱颖而出，惊艳全城，成为最耀眼的"长安大红人"，所有王公贵族的座上贵宾。但在此之前，他需要先去见一个人。

在成为炙手可热的"明星"之路上，有一个女人起了很大作用。这是一位尊贵的女人——玉真公主李持盈。这一年，王维准备起了京城科考，他信心满满，希望在殿试中夺得桂冠，但忽然一个消息传来：有一位名为张九皋的诗人，已经内定了状元的位置。

帮张九皋预定这个位置的，正是玉真公主。这位大唐公主爱好文艺，她的宴席就是古代版的"文艺沙龙"，名人荟萃，各展其能，希望获得权贵赏识。

只想逃回家的人可成不了名哦！

想要在长安成为明星，就算才高八斗如王维，也需得到这些大唐权贵的认同。王维踌躇满志，正待迈入这个繁华风流地，自然不肯落于任何人下风。这一年他参加了歧王府的宴会，宴会"女主角"正是玉真公主。席上王维弹起了琵琶曲《郁轮袍》，一曲妙音，动人心魄，公主果然注意到了这个年轻人。水到渠成，王维献上自己的诗作，公主读完便震撼了，脱口而出给了"承诺"："这样才华横溢的人不登榜首，还有什么人能登？"

诗人景点推荐专栏

重阳登山，不如去登华山。

华山就是我的诗里"山东兄弟"的山！

华山

张九皋默默出局，少年王维得到了他想要的。接下来的科考中，王维果然顺利夺魁，名扬天下，走上了仕途。

但他的故事，其实才刚刚开始。

此故事为传世佳话，其他未必是真，但王维的才华肯定是真的。

005

千年诗会
贰
东坡菜单更新了！走过路过不要错过。
哥，低调点！广告打得太明目张胆了。
大家别嫌弃，我们苏家可以承包“千年诗会”的饮食！
你们可收敛一点吧！还是我们大宋文人吗？
其实，未尝不可。
感谢苏氏！感谢白主持！伙食顿时好起来了！
顺便提一下，准备一点猫粮吧，有人带宠物……

大唐诗人壮游群

张九龄
@王维 小兄弟,诗才很是不错!

张说
@张九龄 这是京城新出的大红人,各项技能拉满!

张九龄
都会些啥,说说?

王维
写诗、作画、音乐……什么都会一点。

李白
会一个人浪游天下吗?

王维
@李白 不好意思,本人比较宅。

李白
@王维 抬头看看群名。

张九龄
不好意思,我也误入了。原来这里不是官员选拔群。

李白
@张九龄 张公且慢,这是有官做?

张九龄
@李白 王维兄弟17岁在写名诗,各位17岁在做什么?

孟浩然
在鹿门山隐居,准备写《春晓》。

杜甫
在读书,准备考试。

李白
在练剑,准备当游侠。

张说
知道王维兄弟为何这么优秀了吧?17岁他已经写诗成名了。

李白
那我问一个问题,最后是谁成了"诗仙"?

王维
李兄自然是诗界神仙。

李白
又是谁成了"诗圣"?

王维
杜甫兄弟的史诗名留千古。

李白
所以说,成名早有什么用?

高适
可以当状元。(传说王维是状元及第)

李白
@张说 @张九龄 两位前辈,我17岁时也能作诗。"犬吠水声中,桃花带露浓。树深时见鹿,溪午不闻钟。野竹分青霭,飞泉挂碧峰。无人知所去,愁倚两三松。"这是我17岁的诗作。(李白《访戴天山道士不遇》)

张九龄
诗是不错……

李白
@张九龄 您那儿是不是有官做?(张九龄曾主持吏部选拔人才,后来当了宰相,王维正是他提拔的,张九龄与王维亦师亦友)

王维
兄弟,这是壮游群。

李白
旅行的乐事之一便是交友，很高兴认识各位，尤其两位张丞相@张九龄@张说。

杜甫
我更高兴认识你@李白。

机器人萝卜头
我更高兴认识你@杜甫。

大唐诗会 2

朕的"大唐诗会"怎么还是没人来？

宋朝诗人都在开群了！

现在火的都是宋朝人啊！

苏东坡加入诗词大群聊！你今天加群了吗？

刷太快了！谁回复了？

诗人大群聊（500）

急！急！急！

> 岭南少年,
> 京城名相

漂泊地点:湖北荆州

大红人王维的成名路上,有一个炮灰角色,叫作张九皋。

张九皋去长安参加科考时,原本是"内定"的状元,然而既会音乐又会作诗(还长得帅)的大才子王维横空出世,夺走了原本应该属于他的光芒。

不幸碰上王维这样的全能型选手,谁落败都不稀奇,而这个张九皋同学只是炮灰,并没有成为反派,所以也没有什么后续故事可以供我们吃瓜。也就是说,张九皋成了一个默默无闻的人物,在大唐诗坛上从此查无此人。

其实,说没有后续也不完全对。

十几年后,王维给一个叫张九龄的人写了一首"求升职"的诗,诗名叫《献始兴公》。始兴公其实就是张九龄,此时他已提拔了王维为右拾遗,但王维还想到更大的平台发光发热,于是给自己的贵人(也是别人的贵人,因为张九龄的长处正是提拔能人)写了诗。诗中盛赞张九龄品德高洁，是位"大君子"，提拔人才出于公心，不避恩仇；自己原本宁愿栖隐山林过清贫生活，绝不巴结王侯、谋求富贵，但在张九龄面前，王维也愿意为他所驱遣，一起为民谋福。

王维没有遮遮掩掩，坦白说出自己希望得到提拔，但与此同时，他又强调了一下——希望提拔者公私分明，出于"公议"。

此位提拔者，确实当得起这个期待，因为他是张九龄，以"善于识人"青史留名的大唐名相。

张九龄此时德高望重，而曾经的大红人王维，因为"黄狮子舞"事件（详见《古诗是本故事书》），被贬了官，已过了长达10年的半官半隐生活。熬过了艰难岁月，王维终于获得了一个还算不错的官职——张九龄提拔他为"右拾遗"，负责向皇帝奏论政事。

那么，张九龄对王维的提拔，跟张九皋又有什么关系，为何可以算是十几年前趣闻的后续呢？那是因为，"炮灰"张九皋正是张九龄的弟弟。也就是说，假如那个趣闻是真的，张家好像没有在意，张九龄还是毫不迟疑地拉了王维一把。

这位宰相张九龄，到底是个什么样的人呢？

他是个广东人。

在唐代，如果有一个人说他来自广东，听者也许会马上放低期待，因为那个时候的广东，甚至整个岭南，都还是"蛮荒"之地。后来被贬到那儿去当官的韩愈，还没出发就觉得暗无天日，写诗说自己会死在岭南。

而张九龄就来自岭南的广东，出生在那里一个叫曲江的地方（就在如今的韶关市）。好在他家世代为官，曾祖父、祖父、父亲都是当地的官。虽然只能算是小官，但好歹算书香门第，创造了培养"一代贤相"的条件。

一个聪慧过人的孩子，悄悄地在岭南成长起来。此时，唐高宗和武则天当政。

十几年后，武则天已经是女皇帝，宰相张说被流放到了岭南，遇见了大约15岁的张九龄。张说博学多才，是当时的文人领袖，一生见过许多名副其实的才子，立刻判断张九龄是一个"济时适用"的选手，也就是说，张九龄更多是作为一个政坛选手被赏识的，而不是作为诗歌"明星种子"（对唐人来说，仕途功名可比诗人的名声分量更重）。两人的友情从此时开始发芽。

张说没有看错。张九龄顺利地中了进士，顺利地当了官，顺利得到了唐玄宗的青睐。

不过，没有人的人生是一帆风顺的，张九龄也不例外。与别人不同的是，张九龄的挫折意外地变成了一件功德。

公元716年，张九龄与宰相姚崇（也是一位名相）意见不合，辞官回到了岭南。能干的人在哪儿都能发光发热，张九龄就是这样，即使不当官了，他也没有闲着，而是在家乡组织起了工程队，挖起了岭南山路——一条影响深远的古道就此诞生，就是穿过大庾岭的梅关古道。这条古道是"古代版的京广线"，连接了南北交通，后来的宋朝人大批移民南下，就是走这条路，可谓造福后代子孙。

路挖好了，张九龄也回到了京城，他的官场之路重新开启。这一回他好像特别顺利，自己能干，3年后宰相也变成了老朋友——那位少年时遇到的文坛领袖张说。

开元盛世,一切充满希望,仿佛都在朝着美好的方向行进。从岭南走出来的少年,一路走到了大唐的政坛中心,展现出了过人的才干:他特别能识人,特别公正,特别能干实事,还特别受玄宗皇帝赏识。

他甚至一眼识别出了一个乱世贼臣。

公元733年,范阳节度使送来自己的粟特族副将,请朝廷判决处死,因为副将打了败仗(讨伐奚、契丹失败)。此时张九龄已是宰相,马上批示斩杀这名败将,他断定留着此人以后定会作乱。然而,唐玄宗相信可以用宽容感化这个粟特人,开恩释放了他。这一决定,玄宗皇帝后来一定痛悔不已——此人的名字叫作安禄山,就是他发动的"安史之乱",让大唐从繁荣盛世转向衰落。

到了宋朝时,有一个叫徐钧的人,感慨过唐玄宗不听张九龄的谏言,放过了安禄山,又信任了李林甫:

> 禄山必兆边陲祸,林甫终贻庙社忧。
> 二事眼前君不悟,何须金鉴录千秋。
> (宋·徐钧《张九龄》)

禄山:安禄山,"安史之乱"始作俑者之一。

林甫:李林甫,唐朝奸相。

金鉴:指张九龄献给唐玄宗的《千秋金鉴录》。

诗中提到的《千秋金鉴录》,是张九龄特地撰写的帝王谏言。有一年唐玄宗过生日,张九龄给他送了这本金鉴录,劝他励精图治。然而曾经英明的玄宗皇帝,已沉迷酒色,信任奸人,迷途不知返,大唐的辉煌最终葬送在了他的手中。

玄宗皇帝早年很是励精图治，选择姚崇、宋璟、张九龄为宰相，于是有了太平盛世。而晚期昏庸，任用的是李林甫，张九龄竟一度被贬为荆州长史。

在盛世繁华的背后，隐患其实早已经存在了。张九龄不仅以慧眼识人出名，还是个洞察时事的人。他看出了这个时代的矛盾和隐患，他的从政之道就是保民育人、选贤任能，为大唐最后的繁荣续命，因而成了"开元三贤相"之一。

但他看出的祸乱种子，唐玄宗并不以为然；他在皇帝心中，不如奸相李林甫可亲。他只能在远离京城的荆州当他的长史，写下诗歌去"参选"《唐诗三百首》。

兰叶春葳蕤，桂华秋皎洁。
欣欣此生意，自尔为佳节。
谁知林栖者，闻风坐相悦。
草木有本心，何求美人折！

（唐·张九龄《感遇十二首·其一》）

葳蕤：枝叶茂盛纷披的样子。
华：同"花"，花朵。
生意：生机。
自尔：自然。
林栖者：生活在山林中的人，指隐士。
坐：因而。
本心：天性。
美人：指观赏者。
感遇：古诗题，用来写心有所感而借物寓意之诗。

清代的蘅塘退士编选《唐诗三百首》，成了流传最广的诗选版本，而他不仅选入了张九龄这首诗，还把它作为开篇之作。每个翻开诗集的人，首先遇到的便是张九龄的兰桂清芬。

兰叶逢春，枝繁叶茂，生机勃勃；桂花入秋，洁白如玉，清雅高贵。它们都自有生机，自有春秋佳节。山中隐士闻到它们的清香，心生仰慕,有谁知道他们这份赏识?花木流香是天性,草木又何须他人来采摘欣赏?

这样的兰桂,这样的山中隐士,这样的高洁清正气质,其实是张九龄自己的宣言:他无端被贬谪,但绝不屈服,不求名利,不忘初心。

在这次贬谪中,还有一首更为出名的诗诞生。

> 海上生明月,天涯共此时。
> 情人怨遥夜,竟夕起相思。
> 灭烛怜光满,披衣觉露滋。
> 不堪盈手赠,还寝梦佳期。
>
> (唐·张九龄《望月怀远》)

情人:多情的人,这里指作者自己。
遥夜:长夜。
竟夕:终夜。
怜:爱。
滋:湿润。
不堪:不能,承受不起。
盈手:双手捧满。
还寝:回去睡觉。

浩瀚大海中,一轮明月升起,无论身在天涯何处,此时我们共同望月,共享相思。有情之人怨长夜漫漫,彻夜不眠思念起了亲人。

熄灭火烛,满屋清光,勾起人无限怜爱。披衣徘徊,夜露寒凉,润湿衣角。月色动人,却无法相赠于你,不如返回梦乡,梦中或可与你相会。

这是一首传诵更广的千古名诗,尤其开篇的名句,每个中秋佳节人们都会反复念诵,是名副其实的不朽名句。

这首诗完美地传达了思乡怀远之情,意境阔大,动静从容,情思悠远，与大唐名相的气质完美契合。

　　下笔便是名作，难道张九龄还有隐藏技能，其实是位出手不凡的大诗人？

　　别忘了，张九龄除了"唐代名相"的身份，还有一个头衔——岭南诗祖。尚在开化中的岭南大地，在大唐时代已经诞生了政坛、诗坛"双栖明星"，这种成就堪称奇迹。

诗人景点推荐专栏

岭南有个丹霞山，据说美得很过分。

韶关丹霞山
张九龄的家乡曲江属于韶关，著名的世界遗产丹霞山就在韶关

来广东，记得去看我开辟的古道。

017

你在漂泊，我在成名

他来自"蛮荒"，却风仪过人。在那个时代，他以"曲江风度"闻名天下，唐玄宗找替代他的宰相时，总会问："风度得如九龄否？"

他出身偏远，却才华横溢。"粤人以诗为诗，自曲江始。"粤人就是广东人，曲江便是张九龄。有了张九龄，岭南从此有了诗。

人格、才干、文采兼有，宵小之事与他全不沾边，这是岭南人张九龄，唐代最后一位名相，却是岭南第一相。

大唐诗歌俱乐部

王维
最近关于我与玉真公主的事，越传越离谱了，大家千万别信。

元稹
什么事？传奇吗？有趣吗？（元稹是诗人和唐传奇作者）

王维
元兄不要开玩笑。

孟浩然
@王维 我有点羡慕你，你遇到的都是贵人。

王维
我的运气是不错，特别感谢@张九龄，您是我的师长，也是我的榜样。

李白
成为您这样的名臣，也是我毕生所求@张九龄。

张九龄
大家再看看群名，这里不是求职群。

张说
我也是宰相,我也写诗……

李白
@张说 可惜没有成为名相,反思一下。

孟浩然
@张说 我还是很感谢您,虽然上次发生了意外……

李白
什么意外?

王维
什么意外?

机器人萝卜头
我很意外。

> 隐居半辈子，现在很迷茫

漂泊地点：浙江杭州建德

　　浙江杭州有一个叫建德的地方，那儿有道江水静静地流淌。它的下游就是钱塘江，而在建德这一段，就叫建德江。

　　杭州是个很神奇的地方，这儿的每个地点，似乎都会被写入流传千古的名诗中。比如钱塘江，比如建德江，大概是因为到了这儿，诗人们总是特别容易触景生情吧。

　　公元730年左右，有一位40岁左右的著名诗人，就漫游到了建德。不知这是他旅途中的第几站，我们只知道，这段时间他一直在"吴越"游荡。吴越大约便是江浙一带，是文人最爱之地。

　　这位中年诗人，是出来旅行散心的。他遇到了什么烦心事呢？

　　他遇到的，是无数人都遇到过的，叫前途迷茫。在这趟旅途中，他还写了另一首诗，诗名是《问舟子》，里面语带双关，"向夕问舟子，前程复几多"，直译过来就是，"天快黑了，船夫啊，前面还有多远啊"。看起来是问路途，其实是在问自己的前程。

021

这位苦闷的问话人,是已经名满天下的著名诗人——孟浩然。

我们也忍不住疑惑发问:孟浩然啊,你已经是一代诗坛宗师,你还要什么前程啊?

其实,孟浩然自己也是困惑的。

他热爱山林,从少年起就开始隐居,一隐就隐到了将近40岁,顺便作了许多山水诗,美名远扬。但是,也就只有"文坛美名"了。

终于,孟浩然耐不住了。他是个盛唐人,既不去沙场建功立业,又不去官场报效国家,不觉得丢脸吗?

好像是有一点。

于是,38岁的孟浩然收拾行装,去了京城长安,以"诗坛明星"的身份参加科举考试。传说孟浩然写了一首《长安早春》,宣告自己来到了"京城圈"。《长安早春》是试律诗的诗题,相当于命题作文,另一位唐朝诗人孟郊也写过:

旭日朱楼光,东风不惊尘。
公子醉未起,美人争探春。
探春不为桑,探春不为麦。
日日出西园,只望花柳色。
乃知田家春,不入五侯宅。
(唐·孟郊《长安早春》)

朱楼:华美的楼房。
惊尘:惊动尘土飞扬。
美人:指权贵之家的姬妾。
探春:探望春光。
西园:泛指权贵家的园林。
五侯:泛指达官豪门。

这是一首讽刺诗,朱楼丽日,东风轻暖,公子醉卧,美人探春。但"探春不为桑,探春不为麦",探春只是争赏花柳之美。孟郊敏锐地感受到，田野的风光进不了王侯宅院。

孟浩然比孟郊更早来到长安，而他的命运正好证实了孟郊的诗意。此时孟浩然虽名满天下，但也只是一名田园诗人，他的风光对"五侯宅"来说算得了什么呢？

39岁这年的科举考试，孟浩然名落孙山。仕途的第一步就失败了，果然长安不是一个容易生存的地方。

但是别慌，天无绝人之路，还有举荐这条路可以走。

孟浩然毕竟是诗坛泰斗之一，而长安喜欢诗人，孟浩然要是想走举荐这条捷径，还是有机会的。

可惜造化真会弄人，孟浩然竟然彻底败在了这条捷径上。

原来，孟浩然有位好友叫张说，是朝廷的重臣（也有传说孟浩然去的是王维那儿，见到了唐玄宗。孟浩然和王维是忘年交，王维曾亲手为孟浩然画像）。

有一次孟浩然去找张说，张说悄悄带他去了宫里的官署。也是巧了，唐玄宗皇帝突然前来。孟浩然一介布衣，不应该出现在这儿，于是赶紧躲入床下。

结果张说却把他在这里的事告诉了皇帝。唐玄宗让孟浩然出来见见，问他作了什么好诗。孟浩然念了一首叫《岁暮归南山》的诗。

北阙休上书，南山归敝庐。
不才明主弃，多病故人疏。

北阙：皇宫北面的门楼，指朝廷。
上书：上奏章。
敝庐：指自己简陋的家。
不才：不成材。
疏：疏远。

你在漂泊，我在成名

> 白发催年老，青阳逼岁除。
> 永怀愁不寐，松月夜窗虚。
> （唐·孟浩然《岁暮归南山》）

青阳：指春天。
岁除：年终。
愁不寐：忧愁得睡不着觉。
虚：空寂。
岁暮：年终。

这是一首名诗，后来甚至成了孟浩然的代表作，被标准严苛的《唐诗三百首》郑重选入。但这首高水平的诗作，却毁掉了孟浩然的仕途。

惹祸的是里面这两句："不才明主弃，多病故人疏。"用白话译来就是：没有才华，被英明的君主抛弃，我身体不好，连朋友都疏远了我。

这本来是写诗的套路，就是自我嘲笑一下。

但是玄宗皇帝一听，脸马上沉下来了：这哪跟哪啊，明明是你自己不求当官，我什么时候放弃了你？你怎么诬陷我？

这下孟浩然当官的梦基本没戏了。

这应该是孟浩然一生中最大的挫折了，而且一来就是两次重大打击。就算他本性恬淡，也需要时间来消解这种挫折。

孟浩然的消愁方法是什么呢？他选择了唐人的常规做法：漫游全国。

这位山水田园诗人的旅行路线是这样的：长安到老家襄阳，再出发到洛阳，再到江浙。

建德江就在他这次旅途中间。这一天，天快黑了，船夫划动小舟，停靠到一处江雾笼罩的小沙洲旁。

暮色昏沉，船上的孟浩然再次感觉到一股愁烦，他用"新愁"来形容这种一次次涌上来的感觉。

外边是无边无际的旷野，看起来天似乎比树还低。脚下是清透的江水，水中的月儿仿佛要靠近来告诉他什么。这是一幅清清淡淡的山水画，但一个"愁"字，暴露了这位旅客内心的"症结"。

移舟泊烟渚，日暮客愁新。
野旷天低树，江清月近人。
（唐·孟浩然《宿建德江》）

泊：停船靠岸。
烟渚：江中雾气笼罩的小沙洲。
客：指作者自己。

这趟旅途之后，孟浩然还继续努力过，但进入仕途的门终究是关上了。

其实，孟浩然如果真的进入朝廷，也未必待得下去。他的朋友李白好不容易得到玄宗皇帝的赏识，但当了一年御用文人之后，就混不下去了。孟浩然一介山野隐士，又如何能在朝廷生存？

造化弄人，但也成全人，孟浩然最后彻底放弃了仕途这条路，安心做起了高士。他曾经失落，曾经痛苦，但他毕竟非同常人，他以自己的隐士品格化解了这股"愁"，获得了心灵上的自由，最终修炼成了一代山水诗宗师。

这个心路历程，藏在了《宿建德江》中，这首诗就像是解读孟浩然真实内心世界的一把密钥。

大唐诗人壮游群

孟浩然
一个人去旅行，是不是最好的消愁方法？

李白
不是，会很孤独！

王维
@孟浩然 别信姓李的。一个人旅行，这种孤独级别不高。（王维和李白或有矛盾，他们的故事详见《古诗是本故事书》）

李白
有些人独坐空山，只有明月来相照。这样的人不懂得朋友的好处。（王维《竹里馆》："独坐幽篁里，弹琴复长啸。深林人不知，明月来相照。"）

王维
有些人独坐敬亭山，是因为没有朋友吧？（李白写过《独坐敬亭山》，表达过孤独，详见《古诗是本故事书》）

孟浩然
原来你们都尝过一人独坐的寂寞？

王维
@孟浩然 我很自在，我不孤独，大自然会给我答案。

李白
@孟浩然 朋友们可以放弃我，但大自然会爱我。

孟浩然
@李白 欢迎太白加入山水田园诗派。（孟浩然和王维都是山水田园诗人的代表，合称"王孟"）

（孟浩然邀请李白加入"山水诗派交流群"）

李白
@孟浩然 游山玩水就要呼朋唤友，我可以陪你！

王维
@孟浩然 有些人沉迷浪漫的幻想，别向这样的人寻求答案。（李白是浪漫派诗人）

孟浩然
好像有点道理……最近颇为迷茫，我想一个人静静。

李白
@孟浩然 孟夫子，你是我的偶像，我忽悠谁也不会忽悠你，一个人旅行，真的会很愁闷！不信你走着瞧。

孟浩然
@李白 你是建议我亲自体验下吗?

李白
@孟浩然 ……我是建议你,旅行很好,有朋友更佳。

杜牧
@孟浩然 想去旅行就快去,迟点天下大乱了。

李白
@杜牧 你说什么?

王维
@杜牧 你说什么?

孟浩然
@杜牧 请明讲,小杜公子。

杜牧
@孟浩然 羡慕你,不用经历大唐如此变故。("安史之乱"爆发在755年,孟浩然740年去世,没有经历"安史之乱")

李白
那我们……(李白在"安史之乱"期间当了永王幕僚,被视为"反贼")

王维
跟我们有关？（王维在"安史之乱"期间任伪职，幸得一首诗救了他）

杜牧
两位前辈，我暗示得不够明显？

诗人景点推荐专栏

襄阳除了鹿门山，还有古隆中、襄阳古城……美景多的是。

来呗，一起隐居呀！

襄阳唐城

唐朝诗人孟浩然出生于湖北襄阳，世称"孟襄阳"，他曾在家乡襄阳作诗《与诸子登岘山》："人事有代谢，往来成古今。江山留胜迹，我辈复登临。水落鱼梁浅，天寒梦泽深。羊公碑尚在，读罢泪沾襟。"此时他求仕无门，正当苦闷，登临岘山凭吊羊公碑，怀古伤今，甚是感慨。

你在漂泊，我在成名

想家了，怎么办？

📍 **漂泊地点：** 杭州西湖之滨

  西晋的时候有个文学家，名叫张翰，是个性格放达、喜欢自由的人。有一年，他在洛阳城当官，一天，一阵秋风吹到了身上，他不由得想起此时家乡正好有超好吃的菜、超好吃的粥、超好吃的鲈鱼。张翰忍不住感叹："人生就是要过得随心所欲，一个人怎么能为了名位，跑到千里之外去当官呢？"于是他立刻把官辞了，回去享受家乡的味道了。

  这个故事被记在《世说新语》里，叫作"莼鲈之思"。这是古代一本很有名的书，张翰的故事因此也变得特别有名，引起了许多人的共鸣。

  过了好几百年，时间来到了南宋。此时有一位诗人名叫叶绍翁，长期隐居在西湖之滨。放在唐朝，像叶绍翁这样水平的诗人，应是妥妥的冷门诗人一枚。但在南宋，他可不算特别冷门，不管怎么说，好歹他也是留下了两首名诗的人。

其中有一首很是受到赏识，因为他写出了一种意外的惊喜。

应怜屐齿印苍苔，小扣柴扉久不开。
春色满园关不住，一枝红杏出墙来。
（宋·叶绍翁《游园不值》）

应：表示猜测。
屐齿：木鞋前后的高跟儿。
小扣：轻轻敲门。
柴扉：木柴、树枝编成的门。
值：遇到。

诗描绘了一种小小惊喜，春色满园关不住，门户禁制不了春日生灵的蓬勃生命力，很是令人动容。而这首诗本身也成了一种小小惊喜，让人对这位"不冷不热"的诗人眼前一亮。这首诗其实化用了一位"大热诗人"的诗句，而那位诗人也在南宋——就是我们都非常熟悉的陆游。

平桥小陌雨初收，淡日穿云翠霭浮。
杨柳不遮春色断，一枝红杏出墙头。
（宋·陆游《马上作》）

陌：田间小路。
翠霭：青色的烟云雾气。

陆游马上随手之作，未经雕琢，然而却启发了叶绍翁，由此诞生了让人惊喜的名句。无论读多少次，无论何时读到，心情是灰暗是明亮，"春色满园关不住，一枝红杏出墙来"都大有可能让人心境愉悦一些，仿佛豁然见识到万物那股最为

> 化用得不错，版权费免了！

旺盛的自由生机。

这名句传播之广，在千年之后甚是惊人，"一枝红杏出墙来"摇身一变成了一个"出轨"的隐喻。不过那是现代人庸俗生活中的一个隐喻，与那最初的诗意无关。

那位趁江南早春，特地造访园林的"不冷不热"诗人，敲门不应，吃了个闭门羹，只好在门外徘徊，不想这意外的失望，却结出了意外的惊喜之果。陆游有知，或许会报以一笑吧。他率性大气，作诗近万首，佳句名篇不少，而"不冷不热"的叶绍翁，传世杰作只有这宝贵的两首。

《游园不值》的诞生是一个值得珍惜的意外，既是对这位南宋诗人来说，也是对我们来说。

叶绍翁其实有过一位颇有作为的祖上，叫作李颖士，曾招募乡兵迷惑金兵，助宋高宗安全转移，后来任职刑部郎中，因事被贬。此后李家便家道中落，叶绍翁从小过继给他人。长大之后，叶绍翁也曾入朝做过小官，但更多的时间是隐居在西湖之滨。

有一天，秋风骤起，思乡之情涌了上来。叶绍翁想家了，也想到了西晋那个叫作张翰的人，还有《世说新语》中那个叫"莼鲈之思"的典故。

但他没法像几百年前的张翰那么潇洒，啥也不管，回家乡吃鲈鱼去。毕竟，如果人人都做得到说走就走，那张翰的故事还称得上稀奇吗？

叶绍翁没法创造一个张翰那样的佳话，那他能做什么呢？写诗呀！他好歹是位"不冷不热"的诗人，思乡之情涌来，挥笔将其导入文字中：

萧萧梧叶送寒声，江上秋风动客情。

知有儿童挑促织，夜深篱落一灯明。

（宋·叶绍翁《夜书所见》）

客情：旅客思乡之情。
挑：拨动。
促织：俗称蟋蟀。
篱落：篱笆。

让我们来看看，这位思乡的人儿到底写了什么？

写了秋风吹过梧桐树，吹过江面，吹起了思乡之情。叶绍翁忽地想起了张翰，遗憾自己不能像他那么潇洒。

此时夜已深，外面一片漆黑，篱笆那里忽然闪动一点灯火，发生了什么事？

只是一些小孩儿举着灯火，跑出来捉蟋蟀玩呢。

这样童真的举动，能让诗人开心起来，报以微笑吗？这一次可不

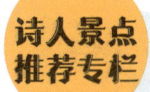

诗人景点推荐专栏

去了那么多地方，还是西湖最好吧……

我住在西湖边，有没有人想来听听灵隐寺的钟声？

杭州灵隐寺　始建于公元326年，背靠北高峰，面朝飞来峰

033

行。这位诗人正在思念家乡，孩子们的欢乐趣事，反而让他显得更加孤单寂寞。如果是在家乡该多好呀！家乡一定也有这样的儿童吧！

漆黑的夜，却有光明的灯火；欢乐的儿童附近，却是漂泊在外的游子……冷与暖，悲与喜，快乐与忧愁，都隐藏在诗里。

如果晋代的张翰知道了，一定会对诗人叶绍翁说一句："啥也别管了，马上回家去！"

可是，人与人不同境况，时代与时代不同情形，叶绍翁也有自己的犹豫和无奈。甚至他所怀念的家乡，究竟是哪个家乡，是浙江龙泉那个过继后的家乡，还是福建那个出生时的家，我们都无从得知。

值得庆幸的是，至少潇洒的张翰留下了一个怀念家乡的佳话，而漂泊的叶绍翁留下了一首怀念家乡的好诗。

如果你思念家乡，又会留下些什么呢？

诗人景点推荐专栏

常回家看看呀！

福建的房子还挺特别……

福建客家土楼 中国传统民居建筑，产生于宋元，成熟于明末、清代及民国时期

怀乡诗交流群

叶绍翁
秋风起,又忆起"莼鲈之思"的张翰。

(叶绍翁分享文章《想家了,怎么办?》)

王建
"今夜月明人尽望,不知秋思落谁家。"秋天到了……(王建《十五夜望月》)

杜甫
"露从今夜白,月是故乡明。"(杜甫《月夜忆舍弟》)

李白
"举头望明月,低头思故乡。"生病的时候最想家了。(李白《静夜思》)

叶绍翁
"诗仙""诗圣",你们也来了……

高适
是的,他俩如影随形出现在所有诗歌群。

李白
正是，是你羡慕不来的友情@高适。

高适
幼稚。

王维
@高适 高侯爷有什么分享？

高适
当然有，除夕的时候更思乡！"故乡今夜思千里，霜鬓明朝又一年。"（高适《除夜作》）

岑参
好！我也来。"马上相逢无纸笔，凭君传语报平安。"（岑参《逢入京使》）

叶绍翁
两位边塞诗大咖，令人敬佩！（高适、岑参合称"高岑"，都是唐代边塞诗人代表）

宋之问
群主今天没有分享？@王维

王维
有是有，不过是一些小诗，比不得边塞诗人豪气。

高适

何必谦虚，谁不知道你是出手不凡的唐诗状元。

王维

不敢当。那我分享两首杂诗。"家住孟津河，门对孟津口。常有江南船，寄书家中否？""君自故乡来，应知故乡事。来日绮窗前，寒梅著花未？"（王维《杂诗三首》中的两首）

刘禹锡

民歌！！（王维《杂诗三首》是江南乐府民歌风格）

王维

@刘禹锡 听说你一直在路上，必有怀乡佳作。请分享一下。

刘禹锡

不不不！我爱民歌！我们马上去民歌群！@王维

王维

兄弟，我是本群群主……

皇帝侍卫在思乡

漂泊地点： 山海关外

走过一座座山，经过一道道水，浩浩荡荡的人马向着关外行进。

这是一次皇帝出巡，人马从京城出发，越过了山海关。出发的时间是二月十五，出关的时间是7天后。

这正是北方风雪交加之时。越往北走，风雪越是凄迷。

清朝的康熙皇帝就在这次旅程中，而他的身边，跟着一位特殊的侍卫——清代著名词人、传奇才子纳兰性德。

这是公元1682年，康熙登基超过20年了，刚平定了云南，想要出关去祭告祖陵。而清代皇家的祖陵在如今的沈阳，那时候叫奉天。

康熙皇帝大概是很兴奋的，他刚打了胜仗，要去告慰祖先，这是值得庆贺的大事。但对于敏感的词人来说，这趟旅途颇为艰辛。

夜深了，无数帐篷里亮起了点点灯火，大家开始歇息，沉入梦乡。然而纳兰侍卫怎么都睡不着，外面的风声雨声困扰着他，想入睡做个思乡的梦都不能。此时那个温暖美丽的京城故乡，它的一景一物，历历浮现在眼前。那里才不会有这样恼人的风雪声呢！

> 山一程，水一程，身向榆关那畔行，夜深千帐灯。
> 风一更，雪一更，聒碎乡心梦不成，故园无此声。
> （清·纳兰性德《长相思》）

这位纳兰性德，身为皇帝亲近的侍卫，为何却总是如此不开心呢？

纳兰性德出身叶赫那拉氏，父亲是朝廷重臣，母亲是清朝皇族爱新觉罗氏。康熙又特别欣赏纳兰性德的才华，一直把他留在身边当侍卫。

纳兰性德却没有因此过得开心。他心思细腻，感情丰富，但在皇帝身边必须小心谨慎，话不能随意讲。这位真性情的词人只好写诗作词，用文字吐露心声。可就算在诗词里，纳兰也无法直言不讳，很多时候只能借儿女情长来曲折表达。人们读他这些词，忍不住要猜想他经历过多么深刻的爱情，遇到过多么美丽的知音，经历过多么悲伤的相思……

但实际上有没有呢？很难讲。纳兰性德20岁左右娶了妻子，两人十分恩爱，但短短3年后幸福的时光就失

程：道路、路程。
榆关：即山海关，在河北秦皇岛东北。
那畔：另一边，指身处关外。
千帐灯：皇帝出巡行帐的无数灯火。
更：古代一夜分五更，每更大约两小时。
聒：声音嘈杂，指风雪声。
故园：故乡，指北京。
此声：指风雪交加的声音。

去了，妻子因为难产去世。纳兰伤心欲绝，写下感人至深的悼亡词，成为难以复制的诗词绝唱。

妻子去世是个重大打击，但纳兰性德还有许多朋友。他原本应该是个豪爽人，喜欢跟朋友结交，尤其跟江南布衣文人走得很近。纳兰曾有个住所名叫"渌水亭"，就是因为文人们蜂拥而来闻名的。跟朋友们在一起，才是他开心的时刻、放松的时候。他们在渌水亭切磋诗词，喝酒听歌，谈天论地，过着文墨风流的日子。

但纳兰性德还有自己的责任。他是受重视的贵族子弟，是皇帝的亲信，不是寻常的诗人墨客。这种不自由的感觉，大概使得他内心十分苦闷吧。

就在陪皇帝东巡出关之后3年，公元1685年春天，纳兰性德病

诗人景点推荐专栏

北上的风景也很好，哈尔滨最近可火了……

但我只对山海关印象深刻。

我现在长这样……

山海关古城 位于河北省秦皇岛，山海关是中国长城"三大奇观"之一

了。他坚持要跟朋友一聚，席上一醉一咏三叹，接下来便一病不起，7天后，一代才子在30岁的时候英年早逝了。纳兰性德的最后时光究竟因为什么而痛苦，我们并不知道，有人猜测他死于伤情，死于深情，但谁能说得清呢？

就像他在随皇帝出巡时写下的思乡词一样，我们知道他怀念家乡的感情，却不懂他为何愁闷至此。因为他是那时候的纳兰性德，他的处境、他的经历，就像他的诗词一样，是无法复制的了。

纳兰性德去世几年后，康熙的另外一位侍卫曹寅去了江南，后来成为江宁织造。曹寅有个孙子，号雪芹。曹雪芹成年的时候，曹家和纳兰家都已先后败落，曹雪芹在穷困潦倒中写了一部小说，就是我们今天的古典四大名著之首——《红楼梦》。他坚持要把大家族的盛衰写出来，应也是出于内心难以抑制的情感。据说那时有人一看此书，就说这是在写纳兰家的事呀！如果真是这样，那《红楼梦》里面可能就藏着一位"纳兰性德"呢。今天人们更喜欢称纳兰性德为纳兰容若，似乎这个美丽的名字更符合这位才子给我们的幻想。

怀乡诗交流群

纳兰性德
很是思乡,有无良方,可否与各位交流一下?

宋之问
没有,思乡就是很痛苦,忍耐一下。

王维
@纳兰性德 叶赫那拉氏不就来自塞外?纳兰公子为何如此伤愁?
(纳兰性德字容若,叶赫那拉氏)

纳兰性德
我喜欢京师,那里是我家。

白居易
来江南吧,来了江南就不会愁苦。

苏轼
会乐不思蜀。

王维
苏大才子就是去了岭南,也乐呵呵。

宋之问
我不信,一定是装的!

韩愈
我也不信。

王维
@苏轼 在岭南真没有思乡之作?

苏轼
"此心安处是吾乡。"(苏轼《定风波》:"试问岭南应不好,却道:此心安处是吾乡。")

韩愈
真是豁达呢!"天涯倦客,山中归路,望断故园心眼。"这是谁的词?(苏轼《永遇乐》)

刘禹锡
@韩愈 难道苏大才子不能偶尔伤怀一下?是谁被贬去了岭南哭得好惨?(韩愈被贬故事见《古诗是本故事书》)

苏轼
岭南是个好地方,各位不妨多来。"罗浮山下四时春,卢橘杨梅次第新。日啖荔枝三百颗,不辞长作岭南人。"(苏轼《惠州一绝》)

宋之问
拒绝!(宋之问曾被贬到广东,没多久就偷跑回洛阳,留下《度

大庾岭》等诗，把被贬岭南描写得十分凄苦）

纳兰性德
塞外艰苦，岭南蛮荒，难免怀念温暖美丽的家乡。

李煜
还有美丽的故国！"小楼昨夜又东风，故国不堪回首月明中。"（李煜《虞美人》）

纳兰性德
后主节哀！（李煜是著名的南唐后主，亡国后十分悲伤）

刘禹锡
我看还是请苏大才子给我们打打气吧！

苏轼
"休对故人思故国，且将新火试新茶。"（苏轼《望江南·超然台作》）

纳兰性德
"诗酒趁年华。"（苏轼《望江南·超然台作》）

机器人萝卜头
有酒喝了！

青龙
不是讲诗？这么多词？

您好，请选个渡劫地点

大唐诗会
3
诸位，可有增粉的妙招？
打出皇家招牌来！
组织一个皇家旅行团？
不会是想趁机巡游吧？
耶！可以去全国各地游山玩水了！
我身体不好，拒绝带团哦！
先来我这儿的道观打卡吧！
皇家旅行团(5)
《皇家旅游攻略》首发！大唐子民踊跃购买！
大家转一下上面的文章！
收到！
支持！
已转！
皇家旅行团火热打卡各地旅游景点，各地民众纷纷效仿！无需入群咨询！

性情大变贵公子

渡劫地点： 安徽滁州

唐代是个文采风流的时代，是昌盛包容的时代，也是创造奇迹的时代，堪称一个传奇时代。然而，就在传奇延续了100多年后，一场翻天覆地的劫难发生了。

这场劫难改变了很多人的命运。

"诗仙"李白跟错了人，差点被流放夜郎；

"诗圣"杜甫颠沛流离，后来到了成都，住到了浣花溪边；

"诗佛"王维被迫当了叛军的官，留下了一生的污点……

这场劫难，便是安禄山和史思明主导的"安史之乱"。

不幸经历这场劫难的人，大多非常痛苦，但是乱世出英雄，"天才"张志和却在这场劫难中崭露头角，大将郭子仪也在这场战乱中功成名就。

还有一个很特别的人，跟其他人完全不同，他在这场劫难中得到的，竟是救赎。

这个人来头不小，出自京城韦氏——这个家族从汉代兴盛到了唐代，人才鼎盛，是京城最有名的高门大族。到了唐玄宗时期，一个叫韦应物的青年，便是从韦氏的朱门里走出。

这个青年公子，几乎包揽了富贵公子的一切恶习：横行乡里，赌博任性，勾引妇女，放浪形骸。如此行径，不仅无人抓他，他还能出入皇宫，因为他是玄宗皇帝的身边侍从。

但一切都在"安史之乱"那一年改变了。

玄宗皇帝逃出京城，他心爱的杨贵妃死在马嵬坡，无数百姓变成了难民，战火烧遍了半个中国。

我们不知道韦应物经历了什么，但是从那以后，他发奋读书了。他还经常焚香扫地静坐，吃得很少，变成了清心寡欲的"修行者"，甚至开始写好诗。

奇的是，他的人品也变好了。以前他有多么放荡不羁，现在就有多么忠厚仁德。一直到去世，韦应物曾有多年时间在当地方官，官职有大有小，但他都十分小心，勤奋爱民，还时不时就问一下自己："我做的事对得起我领的工资吗？"

"安史之乱"的后遗症一直都在，太平盛世的日子已经远去，有时候韦应物所管的地方出现了流民，他就会给自己打个差评，说不定还要面壁思过，领工资的时候心中特别愧疚。

这样一位仁德的地方官，等到苏州刺史的任期满了之后，竟然没钱回京了。回京可以去候选其他官职，但没钱回京，连工作也没了。没路费回去还不算，他连居住的地方都没有了，于是寄居到了苏州的无定寺里，第二年就在那里去世了。

这个韦氏公子，23岁之后那30多年，就跟换了个人似的。那个过着荒唐人生的"少年韦应物"，也许是被他用圣贤书封印了。而被放出来的，是一位仁德忠厚的儒者。同时被解锁的，还有"韦氏家族"最好的诗才。我们今天知道韦氏家族不但出过唐朝皇后，出过唐朝宰相，还出过唐朝诗人，就是因为有韦应物。（韦应物的后代子孙韦庄也是大诗人。）

这位颇为特别的人物，他所写的诗，也会十分特别吗？

也许是，他曾经写过十几首悼亡诗忆念亡妻，这是其他诗人做不到的。

诗人景点推荐专栏

大家不要误会，滁州不只野渡小舟，还有高端大气上档次的景点……

滁州的琅琊山其实是产灵药的"仙境"。

琅琊山 位于安徽滁州，盛产中药材。琅琊山因欧阳修的《醉翁亭记》而名扬天下，韦应物的《滁州西涧》中写的"西涧"俗称上马河，便是发源于琅琊山。

您好，请选个渡劫地点

他眼中看到的风景，也是其他人发现不了的。

独怜幽草涧边生，上有黄鹂深树鸣。
春潮带雨晚来急，野渡无人舟自横。
（唐·韦应物《滁州西涧》）

西涧：俗称上马河，今天的西涧湖（城西湖）是其上游。
春潮：春天的潮汐。
野渡：野外无人管理的渡口。
横：随意漂浮。

那一年春夏，任职滁州的韦应物独步西涧边，看到了溪边幽草，听到了林中黄鹂鸣叫，发现了匆忙而来的春潮，被野渡口的无人小舟深深触动……

千年前滁州城外的这片野逸风景，隐隐透露出了什么。是一种被冷落的无奈与忧伤吗？还是对人生的彻悟？答案或许没有人真切地知道了，而我们知道的是，那个可以明确定义为"纨绔子弟"的韦应物，早就已经变成一位自我反省的儒家修行者了。

来了琅琊山看不到野渡？那就到醉翁亭来玩呗！

大唐诗人互助群

杜甫
大家可都好?

李白
漂泊中!

王维
静坐中。

韦应物
反省中。

高适
@杜甫 你可是有什么难处?

杜甫
我很好,多谢关照。

高适
你不是刚作了《茅屋为秋风所破歌》?没房子住可以说。(高适功成名就后,曾在四川当官,还写诗给杜甫:"人日题诗寄草堂,遥怜故人思故乡。柳条弄色不忍见,梅花满枝空断肠……"

杜甫
"安得广厦千万间，大庇天下寒士俱欢颜。"我只是担心大家安危。

李白
我要上阵杀敌！保家卫国！

高适
我会替你完成这个使命。

李白
带上我！（李白曾不顾61岁高龄，要去前线上阵杀敌，希望在垂暮之年为国家尽力，但因病中途返回，次年便病逝了）

杜甫
@李白 来蜀中，一起隐居吧。"不见李生久，佯狂真可哀。世人皆欲杀，吾意独怜才。敏捷诗千首，飘零酒一杯。匡山读书处，头白好归来。"（杜甫赠李白的诗《不见》）

李白
谢邀，不读书，要杀敌！

张继
我愿弃笔从戎！

杜甫
我在草堂静待各位的好消息！

张继

@杜甫 那写诗的事就交给你了!加油!

机器人萝卜头

没问题!

皇家旅行团 ①

皇家旅行团正式开张,大家来点建议。

听说美食旅行很火,可以在皇家旅行团里搞起来。

我吃素菜哦。

我需要药膳,不能乱吃……

我要养生,不可滥食。

我们是组织人,不是顾客啊!

您好，请选个渡劫地点

"诗圣"的小幸福

渡劫地点：西安；避难地点：成都

"安史之乱"让唐朝从一个强盛的王朝，开始变得衰弱。持续了8年的战火，几乎将黄河中下游地区全变成了废墟，荒凉得可怕。

这场灾难的破坏力十分恐怖，整个唐朝变得灰暗，无数百姓无家可归，逃难的人遍布全国。

在这些逃难的人中，有一个身影，是一位伟大的诗人——"诗圣"杜甫。

乱世中，杜甫做过一件让人感动的事——追寻皇帝；也做过一件勇敢的事——从叛军手中逃出，穿过对战的两军来到皇帝身旁。

但"诗圣"并没有从此得到重用。

他的人生又发生了两件重要的事。

一件是他写起了"史诗"，记录下了百姓的苦难。

一件是他漂泊到了西南，在成都建了个草堂。这个草堂，后来被称作"杜甫草堂"。

杜甫这个成都草堂，是个什么样的草堂呢？

是个温暖的，会发光的小窝。

两个黄鹂鸣翠柳，一行白鹭上青天。
窗含西岭千秋雪，门泊东吴万里船。

（唐·杜甫《绝句四首·其三》）

> **窗含**：从窗口往外望西岭，西岭就像嵌在窗框中，所以说"窗含"。
> **西岭**：成都西南的岷山，积雪常年不化，所以说是"千秋雪"。
> **东吴**：指长江下游的江苏一带。

山川流光溢彩，草堂平静安宁。

迈出门去，两只黄鹂正在柳树间歌唱，一行白鹭往碧蓝的高空飞去。

坐在屋中，窗台可见西边山岭上千年不化的白雪，门外可见从万里之远驶来的船只正静静地停泊在前面。

一切都那么清丽可爱，一切都那么美好和谐。

此时"安史之乱"已经平定，友人严武也回来了。严武此时镇守四川，他对杜甫非常敬重，也非常照顾，两人的关系很是亲密。在成都一个小角落，杜甫终于得到了他的小幸福。

你也许会有一丝疑惑，杜甫是不是开心得糊涂了，他此时住在成都，门前怎么会有"东吴"来的船呢？

这里的东吴指的是江南那片地方。江南在长江下游，成都在长江上游，船只如果从江南顺流而上，就能一直来到成都，这段路程很远。但杜甫能看到"东吴万里船"，说明这条路是畅通的，并未为反贼所毁，这也是一件让人开心的事。

杜甫一开心，便连写了4首诗，都是5个字一句的绝句。

您好，请选个渡劫地点

堂西长笋别开门，堑北行椒却背村。
梅熟许同朱老吃，松高拟对阮生论。

欲作鱼梁云复湍，因惊四月雨声寒。
青溪先有蛟龙窟，竹石如山不敢安。

两个黄鹂鸣翠柳，一行白鹭上青天。
窗含西岭千秋雪，门泊东吴万里船。

药条药甲润青青，色过棕亭入草亭。
苗满空山惭取誉，根居隙地怯成形。
（唐·杜甫《绝句四首》）

行椒：成行的椒树。
朱老、阮生：杜甫在成都结识的普通朋友。

鱼梁：筑堰拦水捕鱼的一种设施。
云复湍：云朵覆盖了急流。
蛟龙窟：指有蛟龙居住。

药条、药甲：指种植的药材。
棕亭、草亭：杜甫患多种疾病，种药用来疗疾，这里指棕亭、草亭都有药材的踪迹。
惭取誉：不敢担此美誉。
隙地：干裂的土地。
怯成形：指担忧药材成不了形。

《绝句四首》中难得地出现了轻快如同小曲的诗，你会感受到诗人的心情也是很轻快的。他开心地为我们描绘美景，应该也是希望整个国家都能如此平静，百姓都能快乐地生活，不再有战乱和漂泊吧。

而在开心的小调之外，杜甫眼中的草堂景色依旧藏着对命运、对时局的忧思，他艰难的生活、多疾的身躯，仿佛那个时代的缩影。

此后名留千古的杜甫草堂，当时其实只是个陋室，甚至只是茅草屋，并非华丽的住所。华丽的是江山，华丽的是年轻时意气风发的岁月，华丽的是那大唐瑰梦。但这一切都为战乱所毁，从此大唐走向了中晚唐，走向了衰落、压抑与灰暗。

那些曾经历翻天覆地变化的人，心境如何，有无数作品作证。

杜甫也是那无数心境大变的人之一，他一生挫折，在乱世中勉强觅得一方安宁，便留下诸多闪闪发光的小诗，但这不过是他沉郁宏大的乐章中，个别轻快的节奏而已。

他是杜甫，是心怀天下的赤子，失去了大唐的华丽，不会只换成个人的小清新，而是奏出了盛大的史诗，也奏出了一位大唐"诗圣"。

诗人景点推荐专栏

有人到成都不去看大熊猫，不去看武侯祠，也不去杜甫草堂的吗？

是不是又有客人要来拜访我？

成都杜甫草堂内的红墙竹林

千年诗会
肆
除了苏家赞助东坡美食，还有其他赞助的人吗？
什么？我有说过要赞助吗？
唐人有点狡诈哦，明明自己更有钱。
越富有的人越抠门。
谁需要路费？我可以赞助一点。
谁需要补贴？我可以关照一点。
那就多谢了。
那就多谢了。
报名！
报名！
报名！

大唐诗人互助群

高适
战乱即将平息,捷报频传。

杜甫
收到了!"剑外忽传收蓟北,初闻涕泪满衣裳。却看妻子愁何在,漫卷诗书喜欲狂。白日放歌须纵酒,青春作伴好还乡。即从巴峡穿巫峡,便下襄阳向洛阳。"(杜甫《闻官军收河南河北》)

高适
真好!各位很快可以回乡了。

杜甫
想回襄阳,想去洛阳!(杜甫祖籍襄阳,洛阳是唐朝东都)

岑参
乱世终于过去了。

杜甫
可惜好多兄弟都不在了。

高适
可有需要帮助的,不妨说出。

杜甫
太白兄需要,可惜他没等到好消息……

岑参
摩诘需要,可惜他也不在了……(王维字摩诘)

高适
@杜甫 你不需要?

杜甫
我只需要天下太平。

机器人萝卜头
没问题。

应龙
下一个朝代的"劫难"来了,作好准备吧!

> 用一生等待一个好消息

渡劫地点：浙江绍兴

800多年前一个秋天的夜里，越州山阴，一位68岁的老人辗转难眠。

他年纪已大，壮志难酬，现在还加上疾病侵扰，心情别提多烦闷了。一夜无眠，渐渐天快亮了，老人家干脆披衣起床，走出屋外。

初秋时节，空气中还残留着一些暑气，他一直走到篱笆门外，才感觉到了一丝早晨的清凉。

抬头望去，银河迢迢万里，朝着西南方下坠。喔喔的鸡鸣声不断从隔壁传来，似乎正在召唤着什么。老人心中的烦闷，既没有被清早的凉气清除，也没有被星辰的光芒消除，更没能被村落鸡鸣的声音抚慰。相反，他在宁静的清晨感受到了一腔壮志难以实现，万千白发却已长满头的悲凉。

这位老人是谁？他想实现什么壮志？

他的名字叫陆游。这个名字代表着爱国，代表着爱情悲剧。在这个秋天早晨，也代表着壮志失落。

> 三万里河东入海，五千仞岳上摩天。
>
> 遗民泪尽胡尘里，南望王师又一年。
>
> （宋·陆游《秋夜将晓出篱门迎凉有感·其二》）

仰头望望天，星辰下坠。极目望望北方，壮志难酬。

三万里黄河奔腾向东，滚滚汇入大海。五千仞的华山雄奇高耸，直插向云霄。这是多么壮丽的山川，这是多么壮美的大地！

从黄河源头到大海之滨，这片广阔的大地便是黄河流域，是中原宝地。然而这么美好的山河，看去却是一双双泪眼。

万千遗民身在北方，日日盼望王师北临，然而，这个愿望却一年又一年地落空。而陆游，也便一年又一年地"壮志难酬"。因为他的壮志，跟万千北方百姓连在一起，跟北方山河大地连在一起。

他的壮志，便是在收复北方的伟业中建功！

然而他等了65年，只等来了疾病缠身，等来了满头白发。凝望北方，他看到的是北方百姓一双双眼泪已经流干的失望眼睛。

个人的失意让人伤感，国家的苦难让人悲愤。

北方沦陷在金人手中已经60多年了，临安被统治者过成了"长

三万里河：指很长很长的黄河。
五千仞岳：指很高很高的华山。仞是古代计算长度的一种单位。
遗民：指金人占领区的汉族人民。
胡尘：金人入侵中原，铁蹄扬起的尘土。
王师：指宋朝的军队。

安"也已经60多年了。

陆游的年纪有多大,北方遗民的苦难便有多长。因为他刚好就出生在北宋灭亡之际,在"靖康之耻"前夕。

公元1125年,一名姓陆的文人从水路进京任职,船到达淮河的时候,夫人生下了一个男孩子,于是起名陆游。就是在这一年冬天,金兵开始南下,隔年就攻破了北宋的京城,这就是"靖康之难"。

对南宋人来说,这个事件的名字应该是"靖康之耻"。许多人为了能雪耻,年复一年地呼吁着要抗金北伐,收复北方失地。南宋朝廷的日常,变成了"主和派"和"主战派"绝不停息的争斗。主战派最出名的将领,是那位背上刺着"精忠报国"誓言的岳飞,而他的死敌,正是主和派的秦桧。

陆游当然是主战派。这个靖康前诞生的婴儿,从出生开始,一直到花甲之年,最大的愿望是看到南宋挥师北上,一举收复失地。

可60多年过去了,他没有等到王师出征。北方生活着的万千百姓,被金人压迫已经60多年,他们也没有等到王师北伐。一年又一年,南宋的"王师"只是个传说,纵有几次消息,也都很快消失。

陆游能做的也很少。他一生大声疾呼,恨不能上阵杀敌,然而无人理会这个固执的家伙。

此时,68岁的陆游已经在家闲居了几年,年纪老迈,人微言轻,他还能怎么办呢?没有办法,只能半夜辗转反侧罢了。

辗转反侧,难以入眠,终是披衣而起,在凌晨的冰凉中,再次沉浸于一生的悲伤。

时局如此,忠臣猛将无所作为,但赤子之心不会停止跳动,即使已经年迈,即使无人理会。

68岁,人生还有多少年?还能活着看到北方的遗民回归吗?恐怕不能了吧……

老迈的陆游也许想不到,自己此后还能多活十几年,这当然是好事;但不好的事是,多给了十几年,他仍旧见不到北方回归……

只是悲痛又延长了十几年罢了。

公元1210年,85岁的陆游病重。他终于大限将至了。

是时候回顾自己坎坷的一生了。

固执的陆游一生并不顺利,仕途不顺,婚姻不顺,还曾上演一个经典的爱情悲剧。

悲剧的主角,叫作唐琬,是陆游的前妻。陆游和唐琬结婚后十分恩爱,相伴游玩,无限欢乐。然而陆游的母亲却不喜欢这个媳妇,觉得正是她耽误了自己的好儿子,于是硬生生将他们拆散。分手之后,陆游另外娶了妻子,唐琬也另外嫁了人。

几年后,两人偶然在一个叫沈园的地方重逢,陆游写下一首《钗头凤·红酥手》表达痛悔和思念。

红酥手,黄縢酒,满城春色宫墙柳。东风恶,欢情薄。一怀愁绪,几年离索。错、错、错。

春如旧,人空瘦,泪痕红浥鲛绡透。桃花落,闲池阁。山盟虽在,锦书难托。莫、莫、莫。

黄縢:酒名。

浥:湿润。

鲛绡:传说鲛人所织的绡极薄,所以用鲛绡来指代薄纱,这里指薄纱手帕。

锦书:写在锦上的书信。

其实这次偶遇，唐琬并不知道陆游化满腔痛悔入词，在沈园留了下来。等到一年后她再次游园，这才发现了陆游的词作，不禁悲伤不已。

唐琬也是个才女，很快回了一首《钗头凤·世情薄》。

世情薄，人情恶，雨送黄昏花易落。晓风干，泪痕残。欲笺心事，独语斜阑。难、难、难！

人成各，今非昨，病魂常似秋千索。角声寒，夜阑珊。怕人寻问，咽泪装欢。瞒、瞒、瞒！

这一次，陆游也不知道唐琬回应了。没过多久，这位美丽的才女带着凄美的爱情故事，告别了人世。

陆游依旧活着，活着大声疾呼要北伐；活着当他的"放翁"，留下9000多首诗；活着去感受这个时代巨大的痛苦与细小的美。

一直到了40年后，陆游才又偶然发现了唐琬在沈园的词。跨越几十年的爱情悲剧发展出了新章：年迈的陆游伤心至极，反复写下感怀旧情的诗，时常回到沈园旧地，凭吊曾经的爱人。

陆游和唐琬的爱情故事，就这样变成了一个令人唏嘘的故事，一直流传到今日，让我们在那位半夜失眠、为国悲愤的倔强诗人身上，看到了柔情的另一面。

如今，陆游漫长的人生要结束了，所有悲痛也该停止了吧！

不！他誓要将固执进行到底。

他将悲痛写入了遗嘱。

您好，请选个渡劫地点

> 死去元知万事空，但悲不见九州同。
> 王师北定中原日，家祭无忘告乃翁。
>
> （宋·陆游《示儿》）

"靖康之难"发生的时候，陆游只是个两岁的婴儿，但他似乎比谁都记忆深刻。80多年过去，当年的两岁婴儿已经是白发老翁，南宋也已经换了四代皇帝，但陆游依旧对那件大事耿耿于怀。

他要看到王师北定中原，他要看到北方失地重归宋朝。即使活着看不到，死后也要看到！

子孙后代们，等宋军统一中原的时候，你们一定要在祭祀时告诉我，这才是最重要的事。

除此之外，还有什么值得惦念的呢？如果有，或许便是那短暂婚姻中的美丽姑娘吧！

这位感情丰富的诗人，一生中既爱祖国，又念爱人，是一位真性情的人。他怀念爱人几十年，而渴望统一中原的时间，长达一辈子。

绍兴沈园

就是这个沈园，见证了一个爱情悲剧。

诗人景点推荐专栏

> 挽救了大明，却赔上了性命

渡劫地点：北京

明代的时候，杭州那里有个男孩子，名叫于谦，特别聪慧。

8岁的时候，有一次于谦穿上红色衣服，骑上黑马玩，刚好被邻居一位老人家看到。老人家笑道："红孩儿，骑黑马游街。"于谦应声回答："赤帝子，斩白蛇当道。"

这个对联用了汉高祖斩白蛇起义，最后建立汉朝的历史故事，特别有气势。大家惊喜地发现，于谦这个小孩不同寻常，不仅仅才情出众，更可贵的是胸怀远大，小小年纪就志向高远。

于谦从小就十分仰慕民族英雄文天祥，他的座位旁边总是放着文天祥像，几十年不改。他似乎一早就知道自己要走什么样的人生道路。

12岁的时候，有一天他路过一座石灰窑，师傅们正在煅烧石灰。那些青黑色的石头，经过熊熊烈火焚烧，竟呈现出了白色，变成了石灰——难道纯洁的白色才是石头的本质么？于谦大受触动，作了首诗。

> 千锤万凿出深山，烈火焚烧若等闲。
>
> 粉骨碎身全不怕，要留清白在人间。
>
> （明·于谦《石灰吟》）

锤打千次，挖凿万次，那深埋山中的石灰石，才有了见天日的机会。

熊熊烈火焚烧，它们毫不畏惧，只当是平常事。

粉身碎骨都不怕，是为了什么？

为了把洁白的本质留存人间。

于谦就像能预感自己的未来，12岁就把自己一生的命运亲口说了出来。

这个命运，是从"出深山"开始，最后留下了"清白"。而这中间，是烈火焚烧，是粉身碎骨。

刻苦读书的于谦，在23岁的时候考中进士，踏入仕途。经历寒窗苦读，"千锤万凿"终于出了深山，于谦的命运开始跟明朝的国运捆在了一起。

让他青史留名，但也导致他粉身碎骨的一件历史大事，叫"北京保卫战"。而在北京保卫战之前，是明朝的巨大变故——土木之变。

1449年，明英宗一意孤行，亲征瓦剌，结果在宦官王振一连串"作死操作"下，兵败被俘。与此同时，10万战士死伤，几十位朝廷重臣被杀。当时明朝国力强大，瓦剌的挑衅无异于以卵击石，谁也想不到竟会有"土木之变"这样的惨败。

瓦剌抓了英宗皇帝后，瓦剌大军逼近北京城，明朝廷慌乱无措，京城南迁的建议也被提了出来。皇帝被抓，朝廷南迁，这不是要重蹈南宋的覆辙么？

此时于谦站了出来，坚决反对迁都。

最终明朝的选择是坚守京师，调动各地兵马前来防守京城。

皇帝在敌人手中，朝廷人心不稳，于谦请太后出面立英宗的弟弟郕（chéng）王为皇帝，这就是明代宗。

瓦剌手中有英宗皇帝，原本幻想要挟明朝，谁知被釜底抽薪。于谦负责守卫北京，各地兵马陆续到达。而瓦剌深入中原腹地，难以持久，明朝终于转败为胜，北京保卫战落幕，此后英宗皇帝也被接了回来。

这场关系国运的危机中，于谦力挽狂澜，一举成名，却也给自己埋下了祸端。英宗回来之后，成为太上皇，但几年之后，"夺门之变"发生，英宗在一些大臣的拥护下又把帝位夺了回去。

局势大变，于谦从大功臣成了"大罪臣"，被抓捕入狱。在如何处理于谦的问题上，明英宗曾犹豫不决，说了一句话："于谦是有功的。"其实，大家心里都明白他的功劳，但事情还是走向了另一个方向，因为总得有人出来当替罪羊。

最终，于谦被判了死罪。

一身正气的于谦，在他曾经拼死保卫的这座京城前，被处以极刑。那天阴云密布，似乎老天也难过不已，全国的百姓都为他感到冤枉。兵将们十分爱戴于谦，更是悲痛不已。

那些去于谦家抄家的人，发现他家里什么钱财都没有，关得严严实实的正屋打开一看，只有代宗皇帝赐的蟒袍和剑器。这是一位多么

您好，请选个渡劫地点

清廉无私、为国为民的英雄啊！

于谦死了之后，英宗皇帝有点后悔了。一年后，接替于谦的大臣贪赃枉法，英宗气愤不已，铁青着脸问大家：于谦死的时候什么都没有，怎么新的兵部尚书竟有这么多钱财？

那是因为，像于谦这样道德几乎没有瑕疵的人，天下本来就没几个啊！

诗人景点推荐专栏

明朝建了紫禁城，现在我们叫它故宫，很受欢迎呢！

那可是大明的心脏！

北京故宫 明清两代的皇家宫殿，旧称紫禁城，始建于公元1406年，1420年基本竣工活着的时候，于谦过的就是圣人般的生活。他的衣服、用具都十分简朴，代宗皇帝赏赐东西时，连醋菜都要给他准备。有人认为皇帝对他太好了，结果被"怼"了回去："他日夜为国分忧，不问家产，如果他不在了，让朝廷到哪里去找这样的人？"

这样一位"圣人"，阻挡强敌、挽救危难，过的是很有气势的一生，最终却在历史变故中"粉身碎骨"，真是令人叹息。

只是，那个12岁的于谦如果知道了后面的结局，多半还是会笑着念出：粉骨碎身全不怕，要留清白在人间。

他的确做到了。《明史》称赞他"忠心义烈，与日月争光"。他跟民族英雄岳飞、张煌言一起，被后人称为"西湖三杰"。

比起青史留名更重要的，是他力挽狂澜，保卫了国家。大明没有变成偏安一方的小朝廷，有他的一份大功劳。

据说文人才是西湖最好的名片。

诗人景点推荐专栏

西湖栖霞岭的南麓埋葬着岳飞，西湖三台山脚下埋葬着于谦，南明儒将张煌言曾作诗："国亡家破欲何之？西子湖头有我师。日月双悬于氏墓，乾坤半壁岳家祠。"后来他牺牲在抗清之战中，死后安葬在西湖南屏山荔枝峰下，与两位"先师"作伴

您好，请选个渡劫地点

> 用300多首诗发泄一下

渡劫地点：北京

清朝有一位才情出众、容貌美丽的女子，名叫顾太清。顾太清是满人，被称为"满族第一女词人"（"满族第一词人"自然是纳兰性德）。年轻的顾太清嫁给了一位同为诗人的贝勒，成为清宗室的一位贵夫人。

这位夫人在京城很有名，她不仅在王府里接待文人墨客，还走出了闺房，与满汉才女们结社吟诗。但正是这位敢于打破常规的才女，后来竟牵扯进了一桩绯闻，这就是清代广为人知的"丁香花公案"。

起因是这样的。一次，著名思想家、诗人龚自珍写了首有关丁香花的诗，大约是呈给顾太清看的，所以诗中写"一骑传笺朱邸晚，临风递与缟衣人"。

当时顾太清的丈夫去世一年，这个"缟衣人"正好指代她。丈夫不幸早逝，顾太清好不容易才从悲伤中振作起来，重新回到以往与友人们往来唱和的日子。龚自珍是她非常欣赏的一位文人，也是她和丈夫以往的座上宾。龚自珍把诗呈给她，似乎也在情理之中。

但谣言还是传开了。当世大才子与知名才女的"情事"，被许多无聊之人越传越远，越传越真，最后竟酿成了悲剧。身为侧福晋的顾太清被逐出王府，流落市井。

顾太清带着弱小儿女，住在租来的几间旧屋里，遭受着世人的万千嘲讽，却依旧坚持创作。在清贫困苦的生活中，顾太清似乎得到了超脱，学会了安详地面对一切。

而那位知名才子龚自珍呢？

他离开了京城，计划返回江南故乡。

龚自珍的离京，最大的原因其实不是因为绯闻，而是在京城的郁郁不得志。龚自珍年少有成，才高豪迈，然而科考屡屡落选，6次会试后才考中进士。而这也并没有为他带来多大改变，他在官场也只能担任闲职。

日子一如既往地艰难：龚大才子又有想法，又敢讲话，呼吁改革，揭露时弊，京城权贵们怎能让他顺利？于是他遭到了排挤，遇到了打击，长期坐着冷板凳。

在这样的困境中，谣言又带来了一片阴影。龚自珍不再犹豫，决意辞官南归。

此时是1839年，距离第一次鸦片战争一年。

龚自珍四月底从北京出发，开始回乡旅途，两个半月后到达杭州家中。但他没有在杭州定居，而是选择苏州昆山的羽岑（cén）山馆。两个月后，他返回北方接妻子儿女，又经历了两个月的旅程。

您好，请选个渡劫地点

这一年是己亥年，龚自珍南来北往奔波半年，而在这两趟旅途中，他突然诗性"大爆发"，创作激情仿佛决堤一般。

何以如此？又怎能做到？

因为这是晚清末世，因为他亲眼看见了一路的民生艰难，目睹了大江南北的百姓苦难。

因为他是龚自珍，一个有思想、敢直言的人，中国改良主义的先驱人物。

黑暗时势，末世将覆，仁人志士一腔激情，渴望变革，这股激情无处发泄，变成了巨大的创作能量——这一年（己亥年）龚自珍连写315首诗，汇集为《己亥杂诗》。

每写完一首诗，龚自珍便用旅馆的鸡毛笔写在账簿纸上，投入一破竹箱中。半年奔波，往返九千里，最终打开箱子，发现竟有315个纸团，他整整用了315首"杂诗"来抒写他的一生。

这是一些什么样的杂诗呢？

我们先来看两首。

此去东山又北山，镜中强半尚红颜。
白云出处从无例，独往人间竟独还。
（清·龚自珍《己亥杂诗·其四》）

> **强半**：过半；大半。
> **尚**：还是。
> **出处（chǔ）**：个人进退。
> **红颜**：年轻人红润的脸色。

这首诗前面有题记："予不携眷属僆（qiàn）从，雇两车，以一车自载，一车载文集百卷出都。"说的正是他第一次离京的情况，家属仆从都没有，只载了书。

浩荡离愁白日斜，吟鞭东指即天涯。

落红不是无情物，化作春泥更护花。

（清·龚自珍《己亥杂诗·其五》）

吟鞭：诗人的马鞭。
落红：落花。

第五首抒写离京心绪，"落红不是无情物，化作春泥更护花"成了家喻户晓的名句。

原来，这315首诗，回顾了他的人生，讲述了他的际遇，记录了他的见闻，抒写了他的心境，充满了他的思考，还借题发挥议论了时政、抨击了社会……当然也有他对"丁香花"的追忆。

这是一份内容复杂、题材广泛的大型组诗，而在这组诗中，他把

诗人景点推荐专栏

"北漂"们熟悉的京城风景一定是故宫和长城吧？

就没人记得天坛吗？那是个为民祈福的地方。

北京天坛　明清两代帝王祭祀皇天、祈祷五谷丰登的场所，始建于明永乐十八年（1420年）

075

您好，请选个渡劫地点

那首惹事的"丁香花"诗也收入了，成为他"生平"的一部分。

这组诗中最令人震撼的，其实是第125首。

那一年，龚自珍的旅途到达镇江，遇到当地人祭祀玉皇和风神雷神，念诵祷告词。龚自珍闻名南北，人人知晓，道士便来请他撰写。他并不推辞，挥笔便写下了一首劝告"天公"的诗。

　　九州生气恃风雷，万马齐喑究可哀。
　　我劝天公重抖擞，不拘一格降人材。
　　（清·龚自珍《己亥杂诗·其一百二十五》）

这是一首振聋发聩的名作，也是一首很龚自珍的名作。试想有人请你写一首关于民情风俗的诗，你会直接写成一首时政诗么？这哪里是"祷告"，这分明是劝诫，是警世，是直抒胸臆，笔带风雷：

> **九州**：中国的别称。
> **生气**：生机勃勃的局面。
> **恃**：依靠。
> **喑**：哑。
> **究**：终究、毕竟。
> **天公**：造物主。

上天啊，我劝你振作起来吧，不要拘泥于常规，赶紧给我们降下各种各样的人才。

中国不能再像现在这样死气沉沉了，仿佛千万匹马一齐沉默，不能作声，这是多么悲哀的世情！

神州大地需要风雷的力量，震荡乾坤，扫清阴霾，才能重现生机。

这样毫不掩饰地呼吁变革的龚自珍，很令后人佩服，但也很令当时某些人痛恨。他一生遭遇排斥、诽谤，不得施展才华，也大都与如此志向和性格有关。

在当时"万马齐喑"的环境下，龚自珍最终等不到实现抱负的机会，两年后，他带着重重的谜团，急病去世了。

这位江南才子去世之前，正计划做一件事：前往上海参加反抗外国侵略的战斗。

此时已到了1841年，中国到了内忧外患的时刻。仁人志士号召改变现状，发奋图强，龚自珍是其中有名的一位。

然而就在1841年9月26日，龚自珍病逝，没来得及出发参加斗争。

有人说，他的去世跟"丁香花公案"有关，是被人害死的，但也有人说不是。我们不知道真相是什么，他跟才女顾太清的事也成了一个谜。

但我们知道，龚自珍天不怕地不怕的改革精神、生气勃勃的爱国热情，使得他不会被后世遗忘。这些百年前仁人志士的奋斗和牺牲，也绝不会白费。

> 继续呼吁，天公就听到啦！

皇家旅行团②
报告团长，最近民众热衷打卡大城市。
组织一下京城打卡！
十大城市打卡攻略推出！京城火爆推出新攻略！
京城打卡（500）
十大打卡城市攻略！附诗一首！
哦？不错哦！
转起来！
支持！
已经转了！
棒！
京城打卡群已建立，皇家旅行团负责招待。
急！急！急！
考生可以投宿哪个客栈？客服呢，怎么没人回答？
组织能力堪忧哟！
京城客栈爆满！游客没地方住，纷纷退团！
京城打卡（5）
李商隐已退群……
元稹已退群……
韦应物已退群……
陈子昂已退群……
孟浩然已退群……
贺知章已退群……
啊！粉丝又走了……

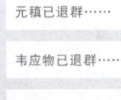

别太爱南方了，诗人们

> 京城太可怕，不如去江南

公元822年，白居易将近50岁了。距离他"沦落"江州（如今江西省九江市）的那段日子，已经是好几年时间。

可是这一年，在京城穿起了红色官服（五品以上官员的服色）、一路升迁的白居易，又遇到了一个小小的挫折：他上了折子，议论当时的河北军事，结果没被采用。

这似乎不是一件什么大事，但白居易感到厌倦，不想在京城待下去了。他想要逃离权力中心的是是非非，于是上表朝廷，请求到外地任职。

朝廷批了，任命他为杭州刺史——正是白居易想去的地方。心愿得偿，白居易踏上了前往"人间天堂"的旅程。

大约因为心情愉快，白居易好好欣赏起了沿途风景。这天，在旅途中停下歇息时，白大诗人偶遇了一片十分平常，却又从未见过的美景：艳丽的夕阳倒映在江面上，没被照到的那一半江水碧绿得如同宝石，被照到的那一半江水则变成了鲜红的锦绣。

一道残阳铺水中，半江瑟瑟半江红。
可怜九月初三夜，露似真珠月似弓。
（唐·白居易《暮江吟》）

白居易也许是住在了江边旅馆，也许走的就是水路，晚上住在了船上。因为心情实在太好，到了夜里，他还在欣赏风景，结果发现夜里的露珠真是可爱，活像一颗颗珍珠；天上的月儿真是清新，就像一把小小的弓。

你也许会说，就这样的风景……不是很普通么？

但是架不住诗人心情好呀！他的身子还只是在前往苏杭这片"天堂"的路上，心却已经进入了仙境。随随便便一处江面，随随便便一个温柔夜晚，都能让他庆幸自己逃脱了世俗争斗，在大自然中获得了心灵解放。

而且他要去的可是江南，可是杭州呀！也许这条江就已经属于江南，这片风景已经是江南风景了呢！

这杯"杭州牌"的美酒，真是酒不醉人人自醉，醉倒了许多想要远离纷争的诗人。

这时候的京城，已经陷入了"牛李党争"的旋涡。牛僧孺等人为领袖的牛党，与李德裕等人为领袖的李党斗来斗去，没完没了，此后一直斗了40年。有时候牛党赢了，有时候李党赢了，相互倾轧，最后成了晚唐乱局的一大祸源。生活在晚唐的大诗人杜牧和李商隐，后

别太爱南方了，诗人们

来都成了党争的牺牲品。

　　白居易比杜牧和李商隐幸运，他活跃的时期是中唐，但就在他晚年的时候，党争也已经愈演愈烈。离开这样混乱的朝堂，实在是令人开心。人一开心，入目都是美景。黄昏临近了，白居易看出了一幅"夕阳沉江图"；夜晚降临了，白居易看出了一幅"月露江天图"。

　　这时候是九月初三，一直到农历十月，白居易才真正到达杭州。而从长安前往杭州，途中碰见的江，会不会就是长江呢？如果是的话，这片醉人风景或许只是长江的寻常风景罢了，然而在诗人眼中，寻常也有无尽的美。

　　江边景色醉人，白居易久久漫步，直到夜晚来临，新月如钩，露水似珠。诗人好像进入了一个幻梦之乡。他的一生虽有坎坷，但大体是幸运的。而九月初三的这一天，可以说正是心愿得偿的一天。

千年诗会 伍

有困难的参会诗人请报名，我们提供住宿。

不必，有人包了。

我可以跟着太白兄吗？

兄弟们，来我这儿不好么？

可以开小灶吗？想体验边塞美食。

江南诗会群

白居易
近来很是怀念江南，甚至连江州都觉得可亲了呢。

刘禹锡
所以，江南到底好在哪？

韦庄
"人人尽说江南好，游人只合江南老。"但我还是更怀念家乡。（韦庄《菩萨蛮》）

谢朓
"江南佳丽地，金陵帝王州。"在江南也可以建功立业嘛！（谢朓《入朝曲》）

林升
"山外青山楼外楼，西湖歌舞几时休？暖风熏得游人醉，直把杭州作汴州。"江南是好，但不能乐不思蜀啊。

陆游
就是！想杀回北方！想抗金杀敌！

纳兰性德
@陆游 冒昧问一句，陆兄多大了？（纳兰性德是满族人，建立清

朝的满族与金人有渊源）

陆游
也就花甲之年吧，还能建功立业！

白居易
@陆游 @纳兰性德 这里是诗会群，莫阴阳怪气。

纳兰性德
各位都是我尊敬的人，向各位学习。

白居易
听说纳兰公子写过10首江南词？

纳兰性德
"江南好，怀古意谁传。燕子矶头红蓼月，乌衣巷口绿杨烟。风景忆当年。"请各位指教。（纳兰性德《梦江南·江南好·其三》）

陆游
还不错……

纳兰性德
多谢陆兄！不瞒陆兄，在下有许多汉人好友……

> "江南情书"给了谁 @白居易

假如你是个江南人,想给美丽的江南打个诗意广告,那么,邀请哪位代言人最是合适呢?

"诗仙"李白?可以呀,烟花三月下扬州——多美!

"诗圣"杜甫呢?正是江南好风景,落花时节又逢君——多么意味深长!

"诗佛"王维如何?日落江湖白,潮来天地青——江南也是大气磅礴的……

其实,古代很多诗人的诗,就是江南的免费广告。他们特别喜欢从各种角度入手,用各种风格来表达,出各种清新脱俗的点子。

但是,虽然"诗仙"李白、"诗圣"杜甫和"诗佛"王维都很好,也特别乐意做江南的代言人,我们还是不能不犹豫一下,因为有个诗人似乎比他们都更适合!

这个更适合的人,就是我们家喻户晓的白居易。白大诗人作诗

别太爱南方了,诗人们

"诗仙"李白　"诗圣"杜甫　"诗佛"王维

江南代言人

有个好处,就是十分好读,特别接地气。传说他有一个简单的原则,就是写诗要写到谁都能懂。写完一首诗最好念给老奶奶听,老奶奶听懂了,说明这是好诗;如果老奶奶听不懂,那就说明诗歌不够通俗,还是拿回去改改吧!

这样写出来的诗,无论老人小孩都能读,已经把"家喻户晓"的前提考虑进去了,江南要是有了他代言,可不是很快就"家喻户晓"了吗?

让人激动的是,这位接地气的诗人竟然在千年前给江南写过"情书"!

他写的是什么样的情书呢?

大概是这样的:江南真好,我曾经非常熟悉你,日出的时候,那里江边的花儿比火还艳丽,春天来临,那里的江水比蓝草更青绿。这样的江南,叫人怎么能忘得掉呀!

江南好，风景旧曾谙。
日出江花红胜火，春来江水绿如蓝。
能不忆江南？
（唐·白居易《忆江南》）

> **谙**：熟悉。
> **蓝**：蓝草，叶子可以制成青绿染料。
> **《忆江南》**：词牌名，又名《谢秋娘》，因为白居易的词，后来便改名《江南好》。

如此深切怀念，如此深情描摹，江南可不是活像个绝代佳人么？以"情书"的口气，深情忆念江南的白居易，一定是十分亲近江南，才会如此久久怀念。

但话说回来，谁还记得白居易第一次被调去江南的时候，都委屈得哭了，觉得自己跟歌女一样不如意？

同是天涯沦落人，相逢何必曾相识！
（唐·白居易《琵琶行》节选）

那次白居易去的是江西九江（当时叫江州），在白居易心里，大概很是不乐意承认偏远的江州也是江南。江州要在江南这个家庭里站稳，得先变得足够富饶美丽，而这还需要时间。

排除了江州，那白大诗人的"江南情书"究竟写给了谁？

第一个可能的对象是杭州。白居易对杭州是真爱，他在杭州修西湖，挖水井，临走还要留下一笔"基金"，给治理杭州的官员周转用。

第二个收到"江南情书"的应该是苏州。白居易来到苏州之后，又是开凿人工河，又是修建道路，一样做得风生水起。

这么说来，苏杭跟白居易的确是有渊源的，但是单凭他做的好事，我们就能推断出他的"江南情书"是给这两个宝地的吗？

　　不能，但白居易直接告诉我们了！他的"江南情书"是用《忆江南》的调子来作的诗，一共有3首，第一首写给整个江南，但第二首、第三首直接写明了给杭州和苏州哦！完整的《忆江南》3首是这样的：

　　江南好，风景旧曾谙。日出江花红胜火，春来江水绿如蓝。能不忆江南？

　　江南忆，最忆是杭州。山寺月中寻桂子，郡亭枕上看潮头。何日更重游？

　　江南忆，其次忆吴宫。吴酒一杯春竹叶，吴娃双舞醉芙蓉。早晚复相逢？

　　　　　　（唐·白居易《忆江南》）

> **潮头：** 这里指钱塘江大潮。
> **吴宫：** 指吴王夫差为西施建的馆娃宫。
> **郡亭：** 可能指杭州城东楼。
> **竹叶：** 酒名。
> **娃：** 美女。

　　你看，白居易最怀念的地方，直接被点明了——最忆是杭州。杭州有什么好？可以在山寺里坐等圆月升起，寻找月中桂子的影子；可以在郡亭中悠然躺卧，欣赏著名的钱塘江大潮。白居易在杭州的时光，一定是很美好的，所以他要发出感叹：什么时候能再去游玩呀？！

　　除了杭州，第二个让人怀念的地方，就是苏州的吴宫。那是春秋时期吴王夫差为西施建的馆娃宫，是美人的影子，是苏州的绝世之美。在那里喝一杯吴宫的美酒"春竹叶"，看吴宫的美女如同醉人的芙蓉双双起舞，这样的神仙之地，有一天会再度遇见吗？

去了苏杭的人，谁会不忆念它们呢？但像白居易一样深情回顾，坦白表露，又朗朗上口，如同歌谣一般通俗，这样的"江南情书"还是少见的。

评选江南的代言人，自然非白居易莫属了。

白居易非常爱那两个地方，而那两个地方的人也爱他、敬他。正因如此，他写起"情书"来才特别打动人。

其实，写"江南情书"的时候，白居易已经是个67岁的老人家，离开江南十几年了。有一天，这位白发苍苍的老人家不知为何想起了江南的美丽，就像想起了往日的爱人一般，忍不住研墨提笔，写下这怀念之词。

这样动情，这样平易，这样如歌似曲，"江南"果然进入了千家万户，流传在大街小巷。其实不单白居易，那时候的无数诗词，早就已经让江南家喻户晓了，因为江南的美就是一个最好的中国传说。

诗人景点推荐专栏

西湖现在很美，不来看看么？

集贤亭 曾是清代"西湖十八景"之"亭湾骑射"

江南诗令群

白居易
各位！我们今天的话题是，江南到底有什么让人怀念的……

刘禹锡
兄弟先来捧场！"江南可采莲，莲叶何田田。"（汉乐府民歌《江南》）

白居易
@刘禹锡 采莲的确是江南最动人的风景。

陆凯
"江南无所有，聊赠一枝春。"（陆凯《赠范晔》：折花逢驿使，寄与陇头人。江南无所有，聊赠一枝春。）

白居易
@陆凯 江南春，情意尽在不言中。

柳恽
"汀洲采白苹，日落江南春。洞庭有归客，潇湘逢故人。"（柳恽《江南曲》）

白居易
@柳恽 潇湘与洞庭，江南的诗意符号！

皇甫松

"闲梦江南梅熟日，夜船吹笛雨潇潇。"（皇甫松《梦江南》）

白居易

@皇甫松 江南雨，梅子黄时节，无限意境在其中。

刘禹锡

@白居易 你喜欢雨？那我来！"春风不解江南雨，笑看雨巷寻客尝。"（汉乐府《知江南》，出处存疑）

李白

@刘禹锡 大家都自己写，就你喜欢转民歌，你是不是江郎才尽？

刘禹锡

@李白 就喜欢民歌，白兄也喜欢，咋的，不服？

白居易

@李白 哎，这也能吵？"诗仙"也讲讲江南呗。

李白

那我可要直白点！庐山瀑布！黄鹤楼！扬州！都是江南绝景！

白居易

别忘了令人迷醉的西湖。

李白

@白居易 不好意思，我只知道那里都是淤泥……

白居易
@李白 诗仙,很遗憾你没有眼福。后来我到杭州任职,把西湖治理成一方绝色了呢!

苏轼
还有我!我也是西湖整容大师!

白居易
@苏轼 共勉!

李白
@苏轼 请说出你的故事来!

(苏轼分享文章《别太爱我了,大诗人》)

江南现在也很美,有没有人要来?

诗人景点推荐专栏

湘湖黄昏 位于杭州市萧山区。湘湖风景秀丽,被誉为西湖的"姐妹湖"

千岛湖 即新安江水库,位于杭州市,"世界三大千岛湖"之一

> 别太爱我了，
> 大诗人@苏轼

喝醉了，要干什么？

宋朝的苏轼，可以说是一个特别洒脱的人——做人洒脱，作诗也洒脱。

宋神宗熙宁五年（公元1072年）六月二十七日，他喝醉了。

在哪儿喝醉的呢？

那个地方叫望湖楼，也有个名字叫看经楼，是大约100年前那位建了雷峰塔（也叫皇妃塔）的吴越王钱弘俶修建的。跟雷峰塔一样，看经楼原本是为佛教而建。但因为建在湖边，所以有个名字叫望湖楼。

望湖楼所望的湖，就是大名鼎鼎的杭州西湖。

原来是西湖呀！那自然是游玩的好去处了。

说得没错，现在就让我们回到将近1000年前，看看苏大诗人这一天都干了什么。我们很容易便能定位到当天苏轼的行踪：他先是在

别太爱南方了，诗人们

杭州西湖上泛舟玩，然后到望湖楼去"醉书"。

醉书，就是喝醉了酒，诗兴大发而作的诗。一个人醉醺醺时写下的诗，大约是最能透露性情的了。

那苏轼透露了什么呢？

黑云翻墨未遮山，白雨跳珠乱入船。
卷地风来忽吹散，望湖楼下水如天。

（宋·苏轼《六月二十七日望湖楼醉书·其一》）

原来他刚刚经历了一场西湖骤雨。

先是黑云翻滚而来，如同打翻了墨水，但山峰露出一角，未被完全遮住。猛然间，白色雨帘撒下，跳出无数珍珠，乱纷纷地扑进小船。接着一阵狂风卷地而来，猛地吹散了云和雨。此时再看望湖楼下，水波如天，明净无比。

这幅"西湖骤雨图"，遇到喝醉酒的苏轼，被当场挥毫摹写了下来。

可以想象当时的豪迈，苏轼仿佛化身"诗仙"李白，豪气逼人。巧了，人们评价苏轼写诗作词，的确说过他有时像杜甫，有时像李白；可以婉约，也可以豪放。显然，苏轼这时候选择的模式，就是"李白式豪放"。

清代有位"诗坛盟主"名叫王士禛，他评价说，2000多年来的诗中仙才，只有3个人，第一个是才高八斗的曹植，也就是三国时曹操的儿子；第二个是唐朝"诗仙"李白；第三个便是宋朝的苏轼了。

有仙才的人适合喝醉了来写作，因为这时候最像仙人。

仙才自然非同一般，苏轼这次醉酒作诗，作的不是1首，而是5首。第一首的苏轼划船到望湖楼下，遇到了一场暴雨。

第二首的苏轼躺在船上，让山峰向他鞠躬。

放生鱼鳖逐人来，无主荷花到处开。
水枕能令山俯仰，风船解与月裴回。

放生鱼鳖： 北宋时曾规定西湖为放生地，不许人打鱼。
裴回： 即徘徊。

第三首中的苏轼想起了以前吃过的美味，想"加餐"吃东西了。

这时候他很可能就跑到望湖楼上去了。

会灵观： 公元1012年（北宋大中祥符五年）建，在北宋汴京。

乌菱白芡不论钱，乱系青菰裹绿盘。
忽忆尝新会灵观，滞留江海得加餐。

楼上有酒，很可能也有美味呀！所以第四首中的苏轼，就站在楼上看着湖面上的船中采莲女了。

游女： 出游的女子。
木兰桡： 即木兰舟。
翠翘： 古代一种首饰。
杜若： 香草名。
吴儿不识楚辞招： 指采莲女们不会想起同样喜欢香草的屈原。

献花游女木兰桡，细雨斜风湿翠翘。
无限芳洲生杜若，吴儿不识楚辞招。

写到最后的第五首，自然该总结一下了。

怎么样的总结才是个"升华主题"的好总结呢?

未成小隐聊中隐，可得长闲胜暂闲。
我本无家更安往，故乡无此好湖山。

小隐：指隐居山林。
中隐：指当了闲官。
安往：去哪里。

都说出"故乡无此好湖山"了，真是"乐不思蜀"呢！

但苏轼为自己解释：我这是"中隐"，当个清闲的地方官，这不挺好的嘛！

苏轼安慰朋友时喜欢说"这样也很好"。而他在西湖醉书，爱上这儿的湖山，说出了"故乡无此好湖山"，其实也是"这样也很好"的另一种说法。

也许对苏轼这样旷达的人来说，离开京城，"沦落"为地方官也不妨随遇而安，何况这可是杭州。在美丽的地方做做事，写写诗，好歹算得上安慰了。

这一年苏轼大约35岁，正是好年华。好年华里的一个夏天，到西湖尽兴"醉书"，是一件畅快的事。而其中最令人畅快的，应该是这个地点本身——这可是西湖，是白居易的西湖，也是苏轼的西湖。

而苏大诗人，此时刚刚当了西湖的"整容大师"。

西湖"整容大师"

苏轼是大宋最有意思的人之一,既拥有大诗人、大画家的文艺才能,又是制造"东坡肉"的美食家,还是个创意酿酒师,还能当水利工程师,甚至会造房屋做建筑师,除此之外,还是引领潮流的"瑜伽达人"。

这世上还有什么是苏轼不会的呢?如果有,可能是因为他没有机会练手。比如修湖造堤这种水利活儿,一开始苏轼也不会,但来了杭州之后,他就会了。

难道杭州有水利学校?当然不是,杭州不但没有这种学校,连懂水利的人都不知道在哪。这一年,苏轼来到杭州一看:杭州人穷得可怕,丰年都吃不饱;杭州城市脏乱得很,西湖都快被水草淹没了。

要是苏大人20年后才来,这世上也许就不会再有杭州西湖了。幸好他来的时候,西湖还能救。

身为杭州的父母官,苏轼马上把"拯救西湖"的行动提上了日程。

此时西湖无人打理,湖底积了大量淤泥,水草到处都是,几乎变成一潭死水。

苏轼无师自通,开始了"水利工程师"的生涯。他让人清理湖面上乱杂的植物,然后开始挖出水下的淤泥。这淤泥不知道积了多少年,一挖竟挖出了许多,找不到地方放了。但是,一个绝妙的点子也就这样诞生了。大家干脆用这堆淤泥建起一条长堤,从西湖南边连到了北边,长堤上还造了6座桥,这样湖水能流通了。

大家万万没想到，"废物利用"的"苏堤"不但解决了交通问题，还变成了诗意的所在。人们在堤岸边种起了柳树，栽下了桃花。春天来临之时，微风轻拂，柳条随风摇曳，桃花灼灼，全都倒映在粼粼的西湖水中，诗人们来到这里，怎能不诗兴大发？

与此同时，苏轼还是个造景艺术师，他顺手就又造出了一个"人民币图案"——三潭印月。原来他怕人们在湖里乱种植物，便在西湖的中心地带建了3座小石塔，规定三塔范围内必须保持干净。石塔还有个用处，就是方便观察水面高度。后来3座石塔毁坏了，人们又重新建了三塔，而这个风景就被印在了后世的一元人民币背面。

把西湖从一潭死水修成了诗意中心之后，苏轼很高兴，总是约着朋友泛舟湖上，喝点小酒，写点小诗。这个湖好像从丑女变成了西施，怎么看怎么好看。浓妆时娇艳，淡妆时神秘，绝代美人的风姿就是这样。

苏轼当水利工程师上了瘾，后来他去了颍州，那里有个西湖，他又是修水闸又是修堤，又把它整容成了"西施"。

3年之后，他当官不顺，被赶到了惠州。奇的是，这里还是有个失修的西湖。苏轼不能忍，又要开始给它"整容"了。可是这个时候官府钱不够，工程面临烂尾的风险。那可怎么办？筹款呀！作为实干家，苏轼马上把皇帝赏赐的金犀带变卖了，还大胆地写信给弟媳，要她把太后赏赐的金银贡献出来，弟媳还真的照做了。惠州西湖多了两座桥和一条苏堤，据说它竣工的时候，惠州万人空巷，百姓都跑来庆贺。

这3个"西施"都是苏轼的心血结晶。惠州西湖很美，颍州西湖也不差，不过在人间天堂杭州那里的西湖，一直是"三美"中的大美，获得了苏轼无数美妙诗词的点赞，其中最经典的是这一首：

水光潋滟晴方好，山色空蒙雨亦奇。
欲把西湖比西子，淡妆浓抹总相宜。
（宋·苏轼《饮湖上初晴后雨·其二》）

潋滟： 波光闪动的样子。
西子： 即西施，春秋时期越国美女。

关于西湖，许多人写过许多诗篇。但苏大诗人的诗作永远是难以超越的经典，因为他对西湖爱得深沉，爱得热烈，爱得豪放，也爱得婉约。这一方美丽湖山，犹如人间天堂的明珠，永远闪烁在诗人的心头。接下来，我们还将见识更多的诗人为它所触动，我们也将明白，西湖是怎样成为一个"诗湖"的。

雷峰塔今日胜旧时，什么时候来看看？

诗人景点推荐专栏

听说有西湖醋鱼？东坡肉口味有没有更新？

雷峰塔 位于西湖南岸夕照山之上，吴越国王钱弘俶所建

江南诗会群

苏轼
我的故事还没有完,千万别走开!

白居易
@苏轼 放心,大家喜欢听。

苏辙
@苏轼 兄长,关于你的事我永远听不够。(苏辙与父亲苏洵、兄长苏轼齐名,合称"三苏",三人同时也在"唐宋八大家"中)

王安石
兄弟情深,令人感动。

陆游
@苏辙 听说你为了捞你哥,一路做到了宰相?

苏辙
@陆游 陆兄不要听后人胡编乱造。

陆游
@王安石 那您总知道实情吧?

王安石
我只知道苏家兄弟情深……

苏轼
预定了下辈子还做兄弟。

大唐诗会 4

诸位，增粉的法子……

大唐最有特色的是边塞旅行，别人可做不来。

在皇家旅行团搞起来。

我不会骑马，不要算我。

我们去边塞旅行，不会变成"昭君出塞"吧？

放心，我们不出国门不和亲。

受众不多啊！

边塞旅行群（5）

别太爱南方了，诗人们

看看是谁把北方忘掉！

公元1127年1月，北宋的汴京（现在的开封）被金兵攻破，京城变成人间地狱，百姓的财富都被搜刮干净，无数妇女和工匠被掳掠，城内饿死、病死的人更是不计其数。大约4个月后，金兵才开始撤退，同时掳走宋徽宗、宋钦宗父子以及大量赵氏皇族、后宫妃嫔、朝臣等3000人以上，被掳走的百姓更是不计其数。

这就是历史上的"靖康之变"。这场劫难导致北宋亡国，朝廷南渡，也彻底改变了无数人的命运。

"靖康之变"发生时，有一位25岁左右的年轻人刚进军营不久，他的背上刺着"精忠报国"4个字，是离家之前母亲亲手给他刺上的，为的是让儿子永远不要忘记忠于国家、为国奋斗。这位年轻人，名字叫岳飞。他没有辜负母亲的期望，此后他的一生都是在与金兵作战，经过数百场战斗，成为中国历史上最有名的民族英雄之一。

这位勇猛的名将，心中永远忘不掉的，正是那一年的"靖康之变",那年他还没有岳家军,那年还是北宋,可是转眼之间,北宋就灭亡了。岳飞悲愤地喊着"靖康耻,犹未雪。臣子恨,何时灭",把余生都留给了战斗。

勇猛的战士可以上战场,那其他人呢?

"靖康之变"发生的时候,有一个叫林升的孩子才刚出生几年。林升的老家在温州,是江南之地,离汴京还远着呢。金兵劫掠北方,也并未到达江南。所以,林升是幸运的,他一辈子都生活在和平安宁的地方,只是时代悄然变化,北宋变成了南宋。无数北宋人也悄然变成了南宋人。

这位"新南宋人",心中就没有"靖康之变"的阴影吗?未必。

宋徽宗、宋钦宗被带走后,先后惨死在金人那儿。宋徽宗第九子、宋钦宗的弟弟赵构继承皇位,迁都到临安,这就是南宋的开端。

也就是这位赵构皇帝起用了抗金名将岳飞,但也就是这位皇帝在岳飞大败金兵、所向披靡的时候下令退兵,让岳飞被人谋害惨死。

最有可能收复北方的机会,就这样永远地失去了。

南宋朝廷在临安找到了安稳,也找到了"求和"的姿态,不甘心的是无数心中记着"靖康之耻"的百姓,是没有忘掉宋朝应是中原王朝的仁人志士。

这一年,诗人林升来到

了临安,来到了西湖边。

他看到了一派歌舞升平。

青山绵延,高楼林立。西湖上轻歌曼舞,日日不停。暖洋洋的香风吹拂,人人迷醉在这温柔与安逸中,似乎忘掉了什么重要的事。

到底忘掉了什么呢?

忘掉了北伐。

忘掉了汴京。

忘掉了靖康之耻。

这个时候,大概已经没有岳飞在抗金了,被掳走的两位皇帝应该也已经去世了。虽然北方在金人手中,但南方这么好,这么富饶,这么美丽,大家就安居在这里不好吗?为什么还要浴血奋战,还要去做冒险的事?

这大概就是醉生梦死的权贵们的心理。上至帝王将相,下到富商大贾,人人都在西湖边享受起了人生,简直把临安当成了"长安"。

临安临安,本该是临时之安,大业在北方啊!这个名字就像是辛辣的讽刺,却只刺痛了仁人志士的心,唤不醒那些纵情声色的主和派了。

此时的临安,其实就是杭州。杭州确实是人间天堂,西湖确实美如西施,但跟"临安"一联系,人人都会想起偏安一方的南宋小朝廷,这似乎是个充满伤感的名称。

实际上,"临安"的出处并没有悲剧色彩,在变成南宋都城之前,杭州就已经改为这个名字了。这是为了纪念一位叫钱镠的人。钱镠是五代十国时期吴越国的创建者,当地百姓很喜欢他,把他认作

"海龙王"。南宋建立之后,为了纪念他的功绩,朝廷便用他出生的临安县来命名整个杭州府,杭州便有了"临安"这样一个名字。

虽然跟"临时之安"无关,但南宋的有志之士,大概还是更愿意相信这是激励,是志在北方的誓言。

比如这位原本默默无闻的林升。他只是宋朝的一位普通文人,不能上马杀敌,不能影响大局,只能冷冷地看着这一派醉生梦死,讥讽地写道:

> 山外青山楼外楼,西湖歌舞几时休?
> 暖风熏得游人醉,直把杭州作汴州。
> (宋·林升《题临安邸》)

汴州:即汴京,北宋的都城,今河南省开封市。
邸(dǐ):旅店。

其实不止林升,还有更多文人,虽然手无寸铁,却一辈子都用诗歌作武器,与现实战斗。

"靖康之变"发生一年前,诗人陆游出生。

"靖康之变"发生半年前,诗人范成大出生。

"靖康之变"结束后半年,诗人杨万里出生。

前后出生的这3个男孩,后来都成了南宋著名的诗人,陆游一辈子都在呼喊着要北伐,临死还不罢休。范成大则在出使金国时亲眼看到北方汉人的痛苦生活,写下了同情的诗歌。杨万里是朝廷重臣,也是坚定的主战派。这些人的心中,"靖康之变"是永远挥之不去的童年阴影,是一辈子都忘不掉的痛。

而那位能写诗但并不出名的林升,他内心的想法,若不是有了这

别太爱南方了，诗人们

首诗，我们也永远不会知道。家国兴亡之下的那些普通人，是有血有肉的普通人，他们之中本就有无数的仁人志士。

向大家推荐个地方，可以看到我们现在的生活……

诗人景点推荐专栏

繁华的城市好陌生啊！

吴山城隍阁　一座7层宋元风格仿古建筑，登上顶层可欣赏杭州全景

千年诗会
陆
看了这么多诗人故事，“人气王”应该是浙江。
论被带火的地方，应该是我的流放地海南。
不要忘了我的流放地潮州。
京城才是老牌“人气王”，比如陕西西安曾是大唐的心脏。
那我必须提名开封，那是我们大宋的心脏。
这样的话，“人气王”必须是北京。
诸位不考虑一下大漠里的敦煌？诗中“大漠”可不比“江南”少。
我都行，反正我代言全国文旅。

江南诗令群

机器人萝卜头
报告,今天江南文旅摇人,摇到了一个愤怒的南宋人……

林升
抱歉,是我,给大家添堵了……

白居易
@林升 萝卜头是机器人,不要理他。

辛弃疾
@林升 写得很好,警示后人!

白居易
@辛弃疾 听说辛兄在江西写了不少诗词,我也去过江西,在庐山上还有个草堂。

辛弃疾
我在江西上饶有一处园林式的庄园,欢迎各位来聚。

陆游
@辛弃疾 一定!

机器人萝卜头
不会有什么密谋吧……

苏轼
@辛弃疾 "明月别枝惊鹊,清风半夜鸣蝉。稻花香里说丰年,听取蛙声一片。七八个星天外,两三点雨山前。旧时茅店社林边,路转溪桥忽见。"这就是在江西上饶写的吧?心态真是不错!(辛弃疾《西江月》)

辛弃疾
@苏轼 的确在上饶留下不少诗词,隐居生活嘛……(辛弃疾与苏轼合称"苏辛")

李清照
@辛弃疾 我记得你作词豪放,这首可不豪也不放。(辛弃疾是南宋豪放派词人代表,李清照是婉约派代表,两人都是济南人)

辛弃疾
我都行!

李清照
我也都行!

机器人萝卜头
你们都行,那我也行!

苏轼
@李清照 @辛弃疾 不如各来一首西湖的诗先……

辛弃疾
抱歉，更熟悉福州西湖。"烟雨偏宜晴更好，约略西施未嫁。"福州西湖跟杭州西湖一样美。（辛弃疾《贺新郎》）

白居易
@李清照 易安居士就住在西湖边，竟不留些作品？（李清照号"易安居士"。南渡后，李清照留居西湖边，但并未留下多少关于西湖的诗词）

李清照
@白居易 "春残何事苦思乡，病里梳头恨最长。梁燕语多终日在，蔷薇风细一帘香。"西湖很好，可惜心情不好。（李清照《春残》）

陆游
@李清照 理解。

机器人萝卜头
你们理解，那我也理解。

> 我住西湖边，
> 我怀念英雄

公元前232至公元前202年，也就是汉朝建立之前，有一位举世闻名的英雄，后来人们称他为"西楚霸王"。

他就是历史上大名鼎鼎的项羽。这位霸王只活了30岁，却打下了一片江山，成为历史上的传奇人物。

项羽干过的事，大部分人一辈子都没有机会做到。年少的时候，秦始皇乘坐的大船路过浙江，项羽跟叔父一起去看，说了一句著名的话：那个位置我也想要（彼可取而代之也）。叔父吓得赶紧捂住了他的嘴。那时候秦始皇统一全国，震慑天下，正如日中天，谁能想到他的王朝可以被推翻呢？

可是，没过很多年，起义军还真的推翻了秦始皇建立的王朝，身为起义军领袖，项羽也成了"西楚霸王"。可惜这位霸王后来被刘邦的军队打败，他突破重围来到了乌江边，但觉得无颜回去见江东父老，便拔剑自杀了。

别太爱南方了，诗人们

尽管最后兵败，但项羽还是一直被当作大英雄。他不肯回江东等待东山再起的机会，也让人很佩服他的傲气。

一直过了1000多年，时代来到了宋朝。宋朝特别文雅，宋朝人写词特别好，但宋朝也有个问题，就是一直被欺负。北方有辽国，西边有西夏，后来又有金国，各种边境战争没完没了，最后金兵南下，攻陷了北宋京城，制造了南宋人心中最大的痛——靖康之变。

有位大才女，刚好就生活在这个时代。她原本过着很美好很自在的生活，跟志同道合的丈夫在一起，两人的日常生活就是斗诗、读古书、研究古董，过的是神仙般的日子。

大才女从小就有才，写了很多精彩的词。虽然她是一位女子，却成了宋朝著名的词人，是婉约词派的代表。这位才女，就是被誉为"千古第一才女"的李清照。

李清照岁月静好的日子，就在金兵攻破京城的那一年被彻底粉碎了。她本来住在北方，但北方即将沦陷，只好逃往南方。这一路遭遇了许多艰难，山河破碎，百姓陷于水火，自己也要逃难，对于一位敏感的诗人来说，真是一趟悲伤之旅。

这一天，李清照南下途中经过了乌江，想起千年前项羽就是在这里自刎。国破家亡的女诗人提笔写下一首震撼的诗，表达自己对苟活君臣的态度。

生当作人杰，死亦为鬼雄。

至今思项羽，不肯过江东。

（宋·李清照《夏日绝句》）

那个骄傲的西楚霸王不愿苟且偷生，如果宋朝也有这样的傲气，又怎么会出现朝廷和百姓一起逃难的局面呢？

李清照悲愤之中提笔作诗，希望人们能像项羽那样，活着的时候当俊杰，死了之后当鬼中英雄，不要过苟且偷生的日子。这份慷慨之气，就算在堂堂男子汉身上也少见，却出现在了一位以"婉约"著称的女诗人笔下。身为"婉约派"词人代表，这位女诗人其实从小到大特立独行，有着难得的英气。

此时此刻，李清照也许想不到，南渡之后的朝廷就是要"苟且偷生"，偏安一方。北宋已经成为历史，南宋到来了。

又谁能想到，项羽死去1300多年后，想起"西楚霸王"的那个人，竟是一个弱不禁风的文雅女子。她扭转不了天下大势的走向，也解决不了宋朝面临的大问题，但她发出了悲壮的时代强音。

据说李清照南渡后就住在美丽的西湖附近，然而她从未留下一首专门注明写西湖的诗。我们仔细翻找，也仅能找到一些零碎之句，隐约可窥见西湖的影子，比如《春残》：

春残何事苦思乡，病里梳头恨最长。

梁燕语多终日在，蔷薇风细一帘香。

（宋·李清照《春残》）

住在西湖附近的日子，纵使有燕子呢喃，蔷薇飘香，风暖日明，终究是失落。而美丽的杭州，始终只是"临安"，那失陷金国之手的北方，才是南渡诗人心心念念的家园。

南渡文人群

机器人萝卜头
南渡不好么,江南不能抚慰各位么?大家在愤怒什么……

岳飞
"靖康耻,犹未雪。臣子恨,何时灭!"(岳飞《满江红》)

辛弃疾
"西北望长安,可怜无数山。"(辛弃疾《菩萨蛮》)

陆游
要杀敌,要抗金!要回北方!

李清照
惭愧!(李清照有一个表姐夫是南宋主和派的秦桧,他以"莫须有"的罪名害死岳飞,成了千古罪人;李清照的丈夫赵明诚是著名的文人,可惜后来面对叛乱,赵明诚临阵脱逃,被朝廷革职,李清照十分惭愧,与丈夫的感情也一去不返)

辛弃疾
@李清照 易安居士问心无愧。

李清照
感谢理解!

陆游
我们群不接受投降派!

机器人萝卜头
是在说我吗?

陆游
@机器人萝卜头 一边玩去!

诗人景点推荐专栏

来看看长江日落吧!

想勾起我的伤心事?

长江日落 "南渡"所渡的江就是长江

皇家旅行团③
有没有比较独特的旅行方式？
我只知道古道旅行、海上旅行、航天旅行……
游学、访古、访友，大唐的旅行方式最值得推广。
现在佛系旅行更受欢迎，要学会享受“慢生活”。
就是可以慢慢享受生活的意思啦。
纸上旅行更适合我。
都在说什么啊！

嘿，旅行群里来一下

夜宿山寺，一场特殊体验

山上的楼很高很高，高到什么程度呢？高到一伸手，就可以把天上的星辰摘下来；高到一开口讲话，天上的仙人就听到了。

有没有这么夸张啊？哪个地方高成这样？这不是要上天了吗？你还真说对了。

> 危楼高百尺，手可摘星辰。
>
> 不敢高声语，恐惊天上人。
>
> （唐·李白《夜宿山寺》）

我们的"诗仙"大人，满脑子都是幻想，一心想着求仙访道，写诗爱用夸张手法。现在，请欣赏他为我们带来的"夸张式住宿体验"。

先来看看我们与"诗仙"的脑洞距离。

如果有一天，你来到一座山上，看到了一座位置很高很高的寺庙，庙里有一座几十米高的木楼，你想形容一下它的高，你会用什么办法？

要是你喜欢数学，你应该会列一下数据，比如这座山海拔4000米，山寺就在最高的地方，山寺的木楼有50米高。

要是你喜欢比喻，你也许会说，这座山好像天梯，爬到天梯顶上，才能到达寺庙，看到木楼。

这些说法都不错，也很有用。比如科学家就需要准确的数据，所以看到你列出海拔和楼的高度，会称赞你做得好。但如果你希望自己跟"诗仙"一样写一首诗呢？

让我们来看看李白1000多年前是怎么写的吧！

"诗仙"虽然是个大诗人，用的却是十分简单的字眼，你看一眼就能记下来了。

"危楼高百尺"，这是说楼有百尺高，大概30多米。这就奇了，才30多米，哪儿高了？因为它在山寺里呀！只要山足够高，山上寺庙的楼就算只有几十米，也是很高呢！如果你根据这个数据去查找，会发现唐代真的有一座"百尺"高楼，名字叫越王楼。于是有很多人会以为，李白这首诗，写的就是越王楼。刚好李白18岁之前住在离越王楼不远的地方，他很可能真的去过越王楼。

你可能会惊喜地说，原来如此！李白18岁之前写了这首诗，真是天才！

不要开心得太快。

在李白后来定居的湖北那里，还有一座楼，名字叫"摘星楼"，

嘿，旅行群里来一下

就在长江中间一个叫蔡山的地方，蔡山上有个江心寺，寺里有座楼，就是摘星楼。

为什么叫摘星楼呢？还不是因为李白这首诗吗？于是又有另一群人欢呼雀跃起来，大声宣扬：这儿才是李白"夜宿山寺"的地方！

这可就麻烦啦！李白到底在哪儿写的这首诗？

如果让你判断，你可以提出自己的理由，加入"摘星楼派"或者"越王楼派"。但是别顾着争论，忘了向"诗仙"学习夸张又诗意的写法。

写这首诗的时候，李白像个孩子，想法特别天真。1000多年前的那个夜里，不管他是在四川，还是在湖北，总之他一定是住到了

李白足迹图

跟我的路线走！

河北省　山西省　山东省　陕西省　河南省　江苏省　安徽省　上海市　四川省　重庆市　湖北省　浙江省　江西省　湖南省

一座山寺里。

因为山寺特别安静，山上星辰又特别明亮，于是他产生了一种幻觉，觉得仙人们就在头顶，自己一定要小心讲话，不然一讲话就吵到了他们可怎么办！

是不是特别天真，特别可爱？这样天真的想法，也能变成一首很好的诗，也是很有趣了。

而我们读着这样有趣的诗，不但会露出微笑，还想探寻他的行踪，甚至想去他曾经住过的地方，感受千年前一个夜晚的情景。

但那个地方，究竟是哪里？那个山寺，后来变成什么样？千年后的夜晚，星空又是否还一样呢？我们是否还能诗意地幻想天上仙人？

苏轼足迹图

我的路线也不错哦！

嘿，旅行群里来一下

一直在路上，停不下来的感觉

去钱塘江赶个潮

农历八月十八日左右，太阳、月球、地球几乎在一条直线上，海水受到的引潮力最大。浙江省这里有个杭州湾，像个喇叭口，钱塘江的水就从这儿涌入大海。到了引潮力最大的那一天，海水逆流，冲击江水，钱塘江潮就像发了疯一般涌起，如果你去观赏过，一定会印象深刻。

可是，你如果只用"发了疯"来形容大潮，那么语文老师也会急疯了。别急别急，你可以赶紧告诉老师，钱塘江大潮就像千军万马奔腾而来。要是老师还不满意，那你就念一首《浪淘沙》吧！

八月涛声吼地来，头高数丈触山回。
须臾却入海门去，卷起沙堆似雪堆。
（唐·刘禹锡《浪淘沙·其七》）

八月涛： 指浙江省钱塘江潮。
须臾： 片刻。
海门： 江海汇合之处。

这是1000多年前的唐朝，一个名为刘禹锡的人写的诗。他把涨潮到退潮的全过程，都给记录下来了——

大潮还没见到，先听到"涛声吼地来"，"水军"气势可真够吓人，但更吓人的是，它们是"不撞南墙不死心"，疯狂地朝山崖撞去，直碰得"潮头"碎了，才退了回去。

"退军"的姿势也不失风度，行动迅速，不愧为急行军。而且临走还要在江海交汇处再来一番大动作，把沙堆卷得像雪堆似的。

刘禹锡这首诗只是赞叹钱塘江潮的许多诗词中的一首，如果需要，你还可以念多几首。如果这样还不能充分显示你的学识，那么你可以再来一项技能——上历史科普！

春秋时期浙江这里属于吴国，有个叫伍子胥的人，是辅佐吴王夫差的大功臣。后来夫差又是迷上了美人西施，又是宠信奸臣，反而让帮他成就功业的伍子胥自杀，还把伍子胥的尸体扔进了钱塘江。百姓猜测伍子胥的怒气一定很大，钱塘江潮这么吓人，就是他的怒气在发作吧！

不过，古代也有科学家，他们可就不像一般百姓那么天真，全凭想象看待事物。古代科学家很早就发现了，钱塘江大潮是天体运行、地形等原因引起。这是自然的力量显示了一番奇观，给我们观赏观赏。大家确实很爱看，于是观潮的风俗很早之前就盛行了。2000多年前的人，就跟我们今天的人一样，都爱在农历八月十八日左右前往钱塘江那里，等着饱个眼福。特别是到了唐宋的时候，好奇的群众就更多了，来看潮的人更是人山人海呢！

在这样的人山人海中，藏着我们熟悉的刘大诗人的影子。他一番惊

嘿,旅行群里来一下

叹,回头就给我们留下了一首风景诗,让我们大大增添了观赏快感。

说来刘禹锡这人还挺有规划,就像我们今天喜欢搞个系列一样,他也有个风景诗系列,名为《浪淘沙》,共有九首,上面这首诗就是其中的第七首,其他8首是这样的:

九曲黄河万里沙,浪淘风簸自天涯。
如今直上银河去,同到牵牛织女家。

洛水桥边春日斜,碧流清浅见琼砂。
无端陌上狂风疾,惊起鸳鸯出浪花。

汴水东流虎眼文,清淮晓色鸭头春。
君看渡口淘沙处,渡却人间多少人。

鹦鹉洲头浪飐沙,青楼春望日将斜。
衔泥燕子争归舍,独自狂夫不忆家。

濯锦江边两岸花,春风吹浪正淘沙。
女郎剪下鸳鸯锦,将向中流匹晚霞。

日照澄洲江雾开,淘金女伴满江隈。
美人首饰侯王印,尽是沙中浪底来。

直上银河:古人以为黄河与天上的银河相通。
琼砂:美玉般的砂砾。
无端:无缘无故。
虎眼文:形容水波纹很细。
鸭头春:一种颜色,形容春水之色。
鹦鹉洲:长江中的沙洲,在今湖北。
飐(zhǎn):摇动,颤动。
濯锦江:位于四川成都,又名浣花溪,也有一说是指锦江。
鸳鸯锦:绣着鸳鸯图案的锦绣。
澄洲:江中秀丽的小洲。
隈(wēi):江湾。

莫道谗言如浪深，莫言迁客似沙沉。
千淘万漉虽辛苦，吹尽狂沙始到金。

流水淘沙不暂停，前波未灭后波生。
令人忽忆潇湘渚，回唱迎神三两声。
（唐·刘禹锡《浪淘沙》）

迁客： 被贬往边远地方的官。
漉： 水慢慢渗下。
潇湘： 泛指湖南一带。
渚： 水中小块陆地。
迎神： 迎神曲，民间祀神歌曲。

刘禹锡生活的时代距离我们不止千年，但今天我们既知道他去了杭州看钱塘江，还知道他去了洛阳看花，而且知道他去了武汉鹦鹉洲，又去了成都浣花溪……因为他在这些地方看到的景象，都被写在这组《浪淘沙》里。透过这些风景，我们似乎还能感受到这位诗人百折不挠、永不妥协的气性。

诗人景点推荐专栏

来黄鹤楼体验一下"飞升"的感觉吧！

来了！来了！

黄鹤楼 湖北的黄鹤楼有仙人飞升的传说，崔颢的千古名诗《黄鹤楼》写道："昔人已乘黄鹤去，此地空余黄鹤楼。黄鹤一去不复返，白云千载空悠悠。"

游山玩水的大唐诗团

韩愈
游山玩水，挺逍遥嘛！

刘禹锡
"千淘万漉虽辛苦，吹尽狂沙始到金。"（刘禹锡多年被贬官，辗转于夔州、和州、洛阳等地，作了《浪淘沙》组诗）

柳宗元
@刘禹锡 兄弟百折不挠，佩服。

韩愈
让我看看你这些年都去了哪……哟！黄河、洛水、汴水、清淮、鹦鹉洲、濯锦江、钱塘江、潇湘……竟然被贬去了这么多地方？（《浪淘沙》中提到了这些地方）

刘禹锡
@韩愈 走遍千山万水，不负壮志凌云！

韩愈
啧啧啧，你以为就你打不倒么，我韩愈也从不服输！

柳宗元
不要吵不要吵,好像谁不曾被贬官似的。都是天涯沦落人,要相互鼓励。

刘禹锡
@柳宗元 说得对,我应该平静。我心纯净犹如银盘,我心宁静如镜面,胸怀宽广映照万物。

柳宗元
就应该这样来写风景。

刘禹锡
听你的,都听你的。

韩愈
好了,别在我面前秀你俩的兄弟情了,还记得我们是"铁三角"吗?

【柳宗元您好,你有一条来自刘禹锡的信息:我在洞庭湖,我很平静】

大唐治愈系风景在哪呀……

嘿，旅行群里来一下

我在洞庭湖，我很平静

长江从三峡奔流出来，路过湖北，到达湖南北部的时候形成了一个大湖。这个湖的名字，叫作洞庭湖。

这个名字是什么意思呢？原来洞庭湖上有座山，传说是神仙洞府，仙人们会前来居住，人们便把它叫作洞庭山。洞庭山所在的这个汪洋大湖，茫茫一大片，人们一时不知道怎么叫，就跟洞庭山一样，叫作洞庭湖了。

但你现在如果去洞庭湖寻找洞庭山，别说没法找到传说中的神仙，就连叫这个名字的山也找不到了。那么，到底发生了什么事呢？

原来洞庭山改名了。

你也许会觉得奇怪，竟然有人要把神仙名儿改掉？没错，那是因为人们又爱上了一对姐妹神灵。

传说远古的时候，舜帝身边有两位妃子，一位叫娥皇，一位叫女英。两人都是尧帝的女儿，出身高贵，又深受尧舜的影响，很关心百姓疾苦。一次，舜帝听说湘江那儿有恶龙作怪，便到南方来了。

娥皇、女英依依不舍地送走了丈夫，日夜为他祈祷，盼望他早点回来。谁知日子一天天地过去，舜一直没有回来。两妃决定一起前往寻夫，可是，等她俩千里跋涉来到湘江边，看到的却是舜的坟墓。

两人悲痛万分，抱竹痛哭，她们的眼泪滴在竹子上，结果竹子生斑了，从此我们才有了斑竹，这种竹子还有个名字叫"湘妃竹"。娥皇、女英泪尽而亡，一齐化为湘水女神，有人称呼她们为"湘君"。传说湘君曾经住在洞庭山上，人们就把洞庭山改了个名字，叫君山。

虽然这个名字没有洞庭山好听，但它带着娥皇、女英的印迹呀！

洞庭山改名了，但洞庭湖还是叫这个名字。这里的湖山一直很美，最美的就是君山。君山上有72峰，其中有一个山峰活像一颗青螺躺在湖中，就叫青螺峰。青螺峰的顶上耸立着几块大石头，传说那是12位青螺仙子的梳妆台呢！据说曾有12位仙女前来拯救受灾的人们，化成了青螺峰，守护着这里的人。仙女需要梳妆打扮，人们发挥想象，大石头便成了她们的梳妆台了。

要是真有这些仙女，那洞庭湖刚好给她们当镜子，岂不是妙极？你还别说，洞庭湖要是没有风，就真是一面镜子了。但如果微风徐来，湖面上波光粼粼，又是另外一种美景。而到了秋天，明月皎洁，月光挥洒下来，跟湖水交融在了一起，就更是一番神仙景象了！

很多年前，唐代诗人刘禹锡来到这儿，望见洞庭的山水青翠动人，清澈的湖就像白银做的盘子，湖中的君山仿佛银盘托起了一颗美丽青螺。他赞叹不已，很快写下了一首诗。

> 传说美！风景美！好兄弟的诗更美！

湖光秋月两相和，潭面无风镜未磨。
遥望洞庭山水翠，白银盘里一青螺。
（唐·刘禹锡《望洞庭》）

> 和：水色与月光交相辉映，很是和谐的样子。

嘿，旅行群里来一下

因为这首诗，洞庭湖从此又多了一分诗意，这诗意绵延千年，直到今日还被我们感受到。

而我们的刘大诗人，这回到了洞庭湖可是十分平静，心如湖水，映照万物。

诗人景点推荐专栏

洞庭湖静静等着你们……

会在这里偶遇谁呢？

洞庭湖中的君山岛，古称洞庭山、湘山、有缘山

岳阳楼 位于湖南岳阳，紧靠洞庭湖畔，因范仲淹作《岳阳楼记》而著名，与黄鹤楼一起名列"古代四大名楼"

色彩大师的旅行

如果你去登过山,特别是在秋天的时候去,那么恭喜你了,你已经找到了进入美的大门。

秋天是一个特别美的季节,自然界的美,到了秋天,会变得充满韵味,无比诗意。许多许多年前,有一位诗人就挑了个秋天的日子,登上一座山去。

这位诗人很有名,名叫杜牧。

他登的这座山也很有名,叫作岳麓山(无法考证,只能认下)。

杜牧登岳麓山的这趟旅行,也很有名,因为它诞生了一首好诗。

远上寒山石径斜,白云生处有人家。

停车坐爱枫林晚,霜叶红于二月花。

(唐·杜牧《山行》)

嘿，旅行群里来一下

（气泡）红叶也可以拿来制作我的"薛涛笺"呀！

平静地描绘寒山石径，平静地描绘白云人家。

简练地讲述驻足原因——看到傍晚枫林，顺其自然地说出热爱——红叶如斯动人。

寒山人家，白云红叶，和谐的冷热，层次分明的色彩，十分的高情逸兴，悠然藏在这一分的起伏中。

杜牧是个感情浓烈的人，但这一趟山行的情绪波动，约略等于无——对那个"落魄江湖"的浪子来说。他"落魄"时的诗是这样的：

落魄江湖载酒行，楚腰纤细掌中轻。
十年一觉扬州梦，赢得青楼薄幸名。
（唐·杜牧《遣怀》）

载酒行：装运着酒漫游，指沉浸在酒宴中。
楚腰：指美人的细腰。
掌中轻：据说汉代的赵飞燕身体轻盈，能在掌上翩翩起舞。

杜牧似乎颇爱给自己打造浪子形象，自认"青楼薄幸名"，这个声色犬马、自我沉沦的形象，若与他的一手旖旎情诗搭配，就更是独有味道了。

娉娉袅袅十三余，豆蔻梢头二月初。
春风十里扬州路，卷上珠帘总不如。

多情却似总无情，唯觉樽前笑不成。
蜡烛有心还惜别，替人垂泪到天明。
（唐·杜牧《赠别二首》）

娉娉袅袅： 形容体态轻盈美妙。
十三余： 指年龄。
豆蔻： 豆蔻花常用来比喻处女。
樽： 古代盛酒器具。

江南绮梦，瑰丽迷人。这是10年前的扬州，而10年前的诗酒风流和儿女情长，10年后便成了《遣怀》中的南柯一梦。往事迷幻，只剩浪子的惆怅。

然而杜牧真是那种青年浪荡，余生悔恨，甚而洗心革面的一般人吗？

未必。

他少年时就不是一般人，青年失意也不是一般人。当浪子不是一般人，生不逢时也不是一般人。这倒不是说杜牧有什么了不得的事迹，比如谷底逆袭，比如力挽狂澜之类，而是他虽身处晚唐却不晦暗，放浪形骸而不阴柔的人格。

生于没落之世，可以痛苦，但不可沮丧。这就是杜牧，独一无二、不拘形骸的杜牧。

杜牧写《赠别》时在扬州，写《遣怀》时在黄州，在扬州时爱宴游，在黄州时颇有作为，而在这10年间还有回长安、赴洛阳的岁月，有躲过"甘露之变"（此事变中，朝廷重臣及其家人1000多人被宦官屠杀）的时候，有清闲游走的日子，我们可以逐一辨认出他的足迹和心路。

但有那么一趟小小的旅行,我们却不知道是何时发生。

那就是传说中发生于湘江边岳麓山上的"山行"。

岳麓山上有一座爱晚亭,原名红叶亭,又名爱枫亭,就是得名于杜牧的这趟山行。人们便是用这种方式,不由分说认下了名诗人的这趟旅行。据说爱晚亭四周有很多枫树,相连成片,深秋一到,枫叶燃烧秋山,可引人一瞬穿越回那年深秋,邂逅一位偶然登山的大诗人。

那是一位色彩大师,长着一双发现美的眼睛。

他发现了秋天最美的色彩。一个是白,一个是红。白是白云,红是红叶。

时隔多年,我们不妨进入那年的秋天,随杜牧的脚步,用杜牧的双眼,去看一眼那时的山河吧!

深秋的山,颇为宁静。往上面走着走着,便可看到白云缭绕中,山上竟坐落着一些人家。也许是一些简朴的木屋,也许是几处石头房。

再往上走,忽然一片火红火红的枫林出现,每一片枫叶都艳丽极了,比那二月开放的红花还要艳丽。这些因为秋天到了而变红的叶子,就是诗人们最爱、充满故事感的红叶,杜牧喊为霜叶。

走到这里的时候,诗人也许已经走了很久,天色变晚了,夕阳的光斜照着枫林,红霞满天,映衬得红叶的美更加动人心魄。

这该是一片多么醉人的景象呀!特别惹人怜爱,特别让人想去拥抱,把秋天最后的美、一天最后的美留下来。

此时诗人做了什么呢?他停下了车——古人的车也许是马车,也许是牛车，也许是人力抬的轿车。

停了车，观赏红叶，然后呢？

然后就是无尽的想象了。

也许等到暮色降临，他才会离开；也许他会继续赶路，去访问友朋，甚至在山上过夜……

我们尽可发挥想象，甚至猜想杜牧提起笔来，白云重现，霜叶醉了心，秋天最动人的色彩闪过心头，让这位色彩大师自己也入了绚丽梦幻的画。夕阳无限好，走向晚景的大唐也如瑰梦，在这一刻变得宁静。

诗人景点推荐专栏

枫叶又美出新高度，约吗？

约！枫林配酒，酒不醉人人自醉……

桂冠诗人评选群

白居易
今日评选"红叶诗人",各位莫要吝惜好诗。

杜牧
"诗中第一叶"的冠名诗人,打算颁给谁?

白居易
@杜牧 兄弟若是感兴趣,不妨一试。《山行》的红叶很好,是小朋友最熟悉的红叶。

杜牧
那这么说,评选结束?

白居易
……

王维
"荆溪白石出,天寒红叶稀。山路元无雨,空翠湿人衣。"(王维《山中》)

白居易
@王维 不愧是摩诘居士!论空灵境界,无人可比。(王维字摩

诘，号摩诘居士）

徐凝
"洛下三分红叶秋，二分翻作上阳愁。千声万片御沟上，一片出宫何处流。"献丑了！（徐凝《上阳红叶》）

白居易
"上阳人，上阳人，红颜暗老白发新。绿衣监使守宫门，一闭上阳多少春……"不好意思，跑题了，"上阳"二字勾起诸多回忆。（白居易《上阳白发人》，上阳宫曾是唐玄宗在洛阳时的行宫，"安史之乱"后衰落）

徐凝
红叶与宫廷故事绝配！"流水何太急，深宫尽日闲。殷勤谢红叶，好去到人间。"（传说唐朝诗人卢渥偶然来到御沟边，发现一片红叶，上面题了这首诗，便取去收藏。后来唐宣宗裁减宫女，卢渥娶了一位出宫的韩姓宫女，没想到她就是那位题诗人，这首诗就叫《题红叶》）

杜牧
这么说，红叶诗人颁给宫女？还是颁给你@徐凝？

徐凝
不敢，我只是抛砖引玉……

李煜
请问，我可以参加吗？

白居易
当然可以，后主诗才过人，深情动人。（李煜是著名的南唐后主，虽然是亡国之君，但他是个优秀的诗人）

李煜
"一重山，两重山。山远天高烟水寒，相思枫叶丹。"（李煜《长相思·一重山》）

晏几道
红叶黄花秋意晚，千里念行客。（晏几道《思远人》）

杜牧
@李煜@晏几道 两位，你俩写的是词。

白居易
词也是诗，符合要求。

杜牧
拜拜，我还是去喝酒旅行。

（机器人萝卜头播报："红叶诗人"结果揭晓，获此桂冠的是——大唐诗人杜牧）

> 旅行竟有了意外收获

江南地区,每年农历六七月便会阴雨连绵,现在我们知道那是一种气候现象。古人也许不知道它如何形成,但江南梅子成熟的时候总是下雨,是人们很久以前就知道的。

好几百年前的南宋时期,有位叫曾几的诗人来到了江南的一个地方——浙江的三衢州,也遇上了梅雨季节。

可是,曾几意外地发现,本该日日阴雨的季节,外面却是日日晴。老天真是给面子,好像知道曾几喜欢旅游,特地给了他这样的晴好天气。

这样的恩赐,自然不能辜负。曾几赶紧收拾收拾,出发到附近最有名的景点——三衢山。他的旅游路线是这样的:先乘坐小船,顺溪而上,如果溪流到了尽头,就下船改走山路。

顺利来到了山上后,曾几愉快地发现,这里绿荫浓郁,不比路上稀少,甚至还多了黄鹂的鸣叫声呢!无限意趣,无限生机,尽在其中。

这趟旅途,出发的时候很欣喜,结束的时候很尽兴,还有了个最值得的结局:曾几为此写下的一首旅游诗,竟超出了他的正常水平,获得高度评价。

诗的名字叫《三衢道中》。

> 梅子黄时日日晴,小溪泛尽却山行。
> 绿阴不减来时路,添得黄鹂四五声。
>
> (宋·曾几《三衢道中》)

曾几虽然是个好官,学识还很渊博,但写诗并没有特别出名,放在那么多光彩夺目的诗人中,一点儿都不出挑,甚至连他的学生都比不上。曾几有一个学生名为陆游,就是南宋大名鼎鼎的诗人。跟陆游

江西诗派

杜先生好!好久不见了!

这事居然和我有关系?

"江西"指江南西路,"江西诗派"包括黄庭坚、陈师道、吕本中、曾几等,甚至还把杜甫认作"诗祖"

诗人景点推荐专栏

"三衢石林甚好,去看看!"

"我现在长这样。"

三衢石林 石灰岩地貌石牙石林景观,石林世界造型奇特,是世界上最大的"象形石动物园"

比,曾几这位老师确实算默默无闻了。然而这位默默无闻的老师,陆游却是十分尊敬。他不仅学老师的诗,也学老师的爱国。

据说曾几年过七十时,遇上金国入侵南宋,陆游每次去找老师,都会瞧见他忧国忧民的模样。这位心境平和的老师,在国家有难时也变得忧愤起来。

陆游不但与老师一样拥有赤诚之心,还学到了老师的作诗精髓。他似乎知道什么是真正的好诗,向曾几学的,正是旅行诗《三衢道中》的清新流畅风格。

这一年的梅雨季节,大概是上天给有心人的一个小小恩赐,好像老天知道曾几练诗很是用功,为人又诚心,特意要用美好的山川给他一点灵感似的。果然,虽是一次偶然的旅程,这一日风光却意外地成就了一首好诗,而三衢山还因此多了个美好的传说。

江西诗派

曾几
最近发现了个好地方。

陆游
@曾几 老师,是哪儿?

曾几
江南的衢州——先有三衢山,才有衢州。据说衢州就是跟着三衢山命名的。

杜甫
就是唐朝开国大将尉迟将军起的。

曾几
@杜甫 诗祖,这里风光特别好,喀斯特地貌堪称"江南一绝"!

陆游
上山的路也风光无限,老师的《三衢道中》值得推荐!

吕本中
@陆游 你怎么也在这儿?我记得没拉你……

陆游
@吕本中 向各位学习,老师在哪儿,我就在哪儿。

杜甫
@陆游 勤奋好学,是个好孩子。

机器人萝卜头
勤奋好学,是个好孩子。

陆游
@杜甫 诗圣老师,您在哪儿,我写了一万首诗,想得到您的指教!

杜甫
……

> 曾几的"山行"未必真去了三衢山,有可能只是走了一趟三衢州的山路,但三衢山很乐意认下这趟旅行哦!

大唐诗会
5
发点福利吧！这样还不能增粉的话……
放心，发钱的话马上粉丝暴增。
可别把金库都挥霍完了。
快抢！
快抢！
快抢！
（粉丝暴增）
（粉丝暴增）
没红包！退群！
没红包！退群！
红包雨没了吗？
预算花光了！
没红包！退群！

哪里的诗人讲道理

哪里的诗人讲道理

> 看到一只蝉，讲个道理给你听

唐太宗时期，有个叫虞世南的人，长得特别瘦弱，好像一阵风就能将他吹倒。但你可别小瞧了这个人，他是个敢说敢讲的厉害人。

问题是，虞世南想说什么？想讲些啥？

比如，先给大家讲个道理呗。

垂绥饮清露，流响出疏桐。
居高声自远，非是藉秋风。
（唐·虞世南《蝉》）

> 垂绥（ruí）：古人结在颔下的帽缨下垂部分，好像蝉的头部伸出的触须。
> 流响：指不断的蝉鸣声。
> 疏：开阔、稀疏。
> 藉：凭借。

蝉儿长着长长的触须，就像古代的冠冕垂下来的带子。既然如此，那就直接用"垂绥"来指蝉，用蝉来暗示当官的士子，岂不方便？

方便，很方便——可以把要对士子讲的话，借着蝉儿"一顿输出"；也可以刻画一只了不起的蝉，用来指"了不起的人"。

虞世南选择了哪种？

答案是，两种都要。

他是明着写蝉，暗里说自己。

你看，蝉儿喝的是干净的露水，声音是音乐般的长鸣，从梧桐树上远远传出。为什么蝉的鸣声能传到那么远？虞世南（蝉儿）告诉世人，不是因为有秋风帮忙吹送，而是因为身居高处啊！

原来虞世南想告诉我们，要"身居高处"，要格局远大。在朝气蓬勃的初唐时代，人们勇于进取，努力上进，也许最普通的人最后也能身居高位，影响很多很多人。

但话说回来，如果你只是这么理解"居高声自远"，就未免太功利了。也有可能你只是个普通读书人，没有很高的地位，追求的也不是身居高位，但是你一样需要站在高处，要眼界高远，因为那是融入这个开放时代的正确姿势。

这样的道理，如果像教导主任一样讲出来，那多没意思。虞世南并不这么干，他只向我们讲一只蝉——一只很有追求的蝉。它居住在梧桐树上，像位高士；它喝着露水过日，一派仙人风范。这样站在高处的蝉，自然是能美声远扬的。

这只高洁的蝉，就这样藏在一首千年前的唐诗里流传了下来。虞世南既是在写它，也是在写自己，这就叫作"托物言志"。

言的是什么志？是不同凡俗、清高傲世的志向。

这个"志"最后怎样了？实现了吗？还是只成为一种空想？

很高兴地告诉你，虞世南的"大志"完全实现了，他是唐太宗

哪里的诗人讲道理

"十八学士"之一,他的名字在"凌烟阁二十四功臣"中,他还是"初唐四大家"其中一位书法家,是诗人,也是政治家。

这是一个出英雄的时代,也是一个出名臣的时代,更是一个出奇人的时代。虞世南也可算是一位奇人了。他长得瘦弱,但他气场强大,他要给天下人讲道理,要给皇帝讲道理。关键是,他还讲得很有道理,让皇帝不得不听。

这位连皇帝都能说服的人,当然属于特别会讲道理的人。像他这样的人,古代其实还有很多。他们讲道理的技巧,可绝了,常常不直接讲,而是编一个有趣的故事给你听。到了唐朝的时候,人们爱写诗,于是讲道理的时候,就写首诗给你欣赏。

比如虞世南就是这么干的。

这个方法还有个好处,就是会给很多人看到。那些该看的人,不用虞世南特地讲,自己心里就有数了。

虞世南是个特别刻苦的人。据说他小时候学习，有时候十几天顾不得洗脸梳头。那时候他有个著名的老师，名字叫顾野王，是位大文学家。也许虞世南是为了多向他学习，才这么拼命。他还有位书法老师，名字叫智永，是大书法家，还是"书圣"王羲之的后代。为了向他学习，不知道虞世南会不会连吃饭也顾不上了呢。

有这样的意志，能进入凌烟阁、成为"十八学士"之一，名列"四大家"，也就不难理解了。

别的人讲道理我们也许可以不听，但虞世南讲道理，不妨听一听，比如这首诗，就是他在1000多年前就讲给我们听的道理。

诗人景点推荐专栏

要来大唐不夜城感受大唐文化吗？附近还有很多景点……

记得去看看大雁塔，告诉我领悟了什么。

虞大人，你一个世家重臣，为何装扮成这样，是在cos老农？

大雁塔 大雁塔是唐长安城保留至今的标志之一，唐朝的玄奘（《西游记》唐僧的原型）主持修建，用来保存经丝绸之路带回长安的经卷佛像

> 看到一个小池，
> 讲个道理给你听

宋朝人写诗，老是有一个偏好，就是特别爱讲道理。

话说有个50岁的宋朝老人家，有一年来到了江苏的常州做地方官。这里正是江南好地方，溪流潺潺流淌，山野蜂飞蝶舞，村庄宁静美好。老人家特别爱写诗，来到这样的地方，面对这样的美景，自然是要作诗的。

那作什么诗好呢？

如果有可能，当然是要作哲理诗最好。宋朝人觉得会讲哲理的人是非常了不起的人。问题是，诗就是诗，你要在诗里讲哲理，得先保证它是一首诗呀！有人尽管讲了些道理，但大家觉得一点诗意都没有，那就算失败啦。

但是这个难题，可难不倒我们这位诗人，因为他是大诗人杨万里。

杨万里读过的书可多了。他有个特别爱书的父亲，饿着肚子也要买书，所以杨万里从小就有很多书可以读。换作一般人，也许会觉得这么多书压力好大,可是杨万里一点都不觉得,他读得可起劲了。

杨万里不单读书勤奋,写诗更是勤奋。有些诗人特别有才华,但一辈子只写两三首诗。可是杨万里呢?他写了两万多首!

你以为他是位职业诗人吗?当然不是,那时候压根就没有这个专门职业,因为写诗是文人们的分内事。杨万里就是一边写诗一边当官,不但是勤奋的诗人,还是勤奋的朝廷官员。

这位勤奋的诗人要是一直写诗,写出两万多首名诗来给我们背诵,那岂不是很吓人?

事实上,并没有这么高质高产的诗人。杨万里写诗绕了很多弯路。他一开始学的是当时一个叫"江西诗派"的派别,这个诗派的人喜欢在字句和韵律上下功夫,这样一来,好诗反而很少,因为好诗并不是有了好的字词就算的。

杨万里就这样勤奋地写着,一直写到了50岁,却没写出很多好诗来。但是50岁之后,情况忽然有了变化。

发生了什么事?

也许就是因为他来到了江苏呀。在这个美丽的地方,诗人一闲下

哪里的诗人讲道理

来就去亲近大自然,在田野散步,到河里泛舟。一天,杨万里随意走到一个池子边,忽然觉得神清气爽。眼前是一眼泉水,悄然无声地注入池子里。水面上,树枝随风轻拂,粉嫩的荷叶才刚刚露出尖角,但小蜻蜓已经活泼地飞到了尖角上头。

杨万里心里猛然明白了什么,写下了一首描绘这情景的诗。

泉眼无声惜细流,树荫照水爱晴柔。
小荷才露尖尖角,早有蜻蜓立上头。

(宋·杨万里《小池》)

这首诗虽然还是在讲理,但充满诗意,真的达到了宋朝人最想要的"哲理诗"境界呢。写完之后,就连杨万里自己都忍不住感叹,原来诗还是要顺其自然,才会有灵气。

他讲了大半辈子的道理,现在才让自己茅塞顿开。从此他不再模仿前人,顺其自然地写,最后开创了自己的风格——诚斋体。

常州景点就没人推荐下吗?

诗人景点推荐专栏

春秋淹城 明清看北京,隋唐看西安,春秋看淹城。江苏常州有一个历史古城,名为"春秋淹城",可体验春秋时期的灿烂文化

> 庐山辩手选拔赛

是风景？不，是哲学
——庐山代表苏轼

中国大地上，有一座非常有名的山。唐朝"诗仙"李白是它的代言人，特别指出过它的瀑布美景；"诗王"白居易写过它的寺庙，留下"人间四月芳菲尽，山寺桃花始盛开"的名句。

这座名山，就是如今江西的庐山。

时间来到了北宋时期，大才子苏东坡也来到了大名鼎鼎的庐山。

他到这儿干什么呢？

跟李白抢当代言人？

跟白居易打擂台斗诗？

都不是，他是到这里"题西林壁"来了。

现在请移步到庐山上的西林寺，看看苏轼究竟题了什么。

> 哪里的诗人讲道理

> 横看成岭侧成峰，远近高低各不同。
>
> 不识庐山真面目，只缘身在此山中。
>
> （宋·苏轼《题西林壁》）

原来题的是庐山形状呀。从正面看，庐山是绵延的山岭；从侧面看，庐山是高耸的山峰；从远处、近处、高处、低处等不同角度看过去，庐山都会给你不同的面目。

这样的庐山，是很神奇，但是这样写景……好像不太迷人吧？

苏轼可不是单纯为了写景！

请仔细看第二句："不识庐山真面目，只缘身在此山中。"

左看是一个庐山，右看是另一个庐山，怎么都看不清庐山的真面目，根本的原因是我们就在庐山中啊。

那按照苏轼的想法，该怎么看？在山外远远地看？从天上航拍看？

其实怎么看都不要紧，苏轼想告诉我们的是，身在其中反而会看不清真相，也就是"当局者迷"。

如此说来，《题西林壁》不仅是一首写景诗，也是一首哲理诗。当你登上庐山，走到西林寺，来到一面墙壁前，看到这样一首充满哲理的诗……

不好意思，西林寺里现在已经没有苏轼题诗的那面墙壁了。经过了将近千年的风霜，墙壁早就不见了，现在你想看到苏轼的真迹，需要到博物馆找去。他是一位很有名的书法家，很可能真会给你找到真迹。而西林壁的题写诗，却是找不着了。

外在的题写虽然失去了，所幸诗句却永远地留下来了。

想象一下，900多年前的一天，苏轼来到西林寺，看到这儿的墙壁上留下了很多人的诗，于是也凑热闹题写了一首，没想到一下就出名了……

苏轼是一代奇才，从小就没为题诗作文这种事苦恼过。他的悟性一向特别好，什么道学、佛学、儒学等等，都能融会贯通；诗词、绘画、书法，没有一件难得倒他。

苏轼还有一位特别要好的和尚朋友佛印，名号一听就知道很厉害。厉害的佛印和尚还挺有趣。有一次，苏轼写诗给佛印，报告说自己已经修炼成功，"八风吹不动"了，就是说，无论遇到什么事情都很淡定，绝不会影响心情。

佛印马上写下"放屁"两字，让书童带回来给苏轼看。苏轼勃然大怒，立刻亲自跑过江去，质问佛印是什么意思。

佛印哈哈大笑，回答说："大学士，你不是八风吹不动了吗？怎么看见个'屁'字就马上跑过江来追问，明明还是看不开呀！"

哪里的诗人讲道理

诗人景点推荐专栏

庐山这么有名,让我看看还有谁没去过……

这不就是本尊吗?

庐山 位于江西省北部,北临长江,东傍鄱阳湖。陶渊明、李白、苏东坡等都曾在这里留下千古名诗。

    佛印是个有趣的和尚,苏轼是个有趣的文人。最有趣的是,苏轼总是特别会开解自己。他曾因为"乌台诗案"获罪,被抓去坐牢,每天都面临杀头的危险,那是苏轼一生中最暗无天日的一段时间,后来他被从轻发落,贬去黄州当个很小很小的官,叫团练副使。这么落魄,怎么说还是有点郁闷的,那苏轼怎么做呢?他跑去附近的赤壁山玩,然后写了篇《赤壁赋》。这篇文章可太有名了,而且太会安慰人了,不单他自己,别人看了都会觉得,就是这样啊,人生有什么值得特别忧愁的呢!

    这段落魄的日子里,苏轼还带着家人到城东的一块坡地去开垦,亲自种田,靠双手劳作帮忙养家,所以他还有个名字叫苏东坡。

    我们特别喜欢叫他苏东坡而不是苏轼,就是因为苏东坡这个名字,会让我们想起那个永远乐观开朗的大诗人,想起那个有趣的奇才。

    现在你是不是觉得,连这首《题西林壁》也变得有趣起来了呢?

我不是在写景,我是在观书
——庐山代表朱熹

春秋战国时期,出现了几个大名鼎鼎的"子"——孔子、孟子、老子……这些人被称为"子",是因为得到了大家的尊崇,而到了宋朝时期,也有一位被称为"子"的大人物,他就是朱熹,著名理学家、哲学家、教育家、诗人,世人尊称他为"朱子",听起来像一位老先生。

这位"老先生"有非同一般的童年,从小就不是一般人。4岁的时候,有一次父亲指着太阳告诉他:"这是日。"

朱熹好奇地问道:"日依附着什么?"

父亲回答:"依附着天。"

小朱熹又追问:"那天呢?天又依附着什么?"

父亲惊奇地看着他,原来小朱熹这么有探究精神,真是可造之才。

在做学问上,朱熹确实是难得一见的大才。他少年时就立下了向圣贤学道的志向,青年时诚心拜名士为师,虽然年轻时就得中科举,却不求当官富贵,而是做起了学问、当起了老师、办起了学堂。

大名鼎鼎的白鹿洞书院,就是他找到废址,倾尽心力重建起来的。这个书院成为"中国四大书院"之一,朱熹功不可没。他自己当了白鹿洞的"洞主",邀请名师前来讲学"加持",找来各种图书,还请到了皇帝赐书赐匾额,获得了"皇家认证"。

这位大学问家不仅能让白鹿洞书院起死回生,还能让它名扬海内外。他制定的教规甚至传到了日本、东南亚等地,对后世影响更

哪里的诗人讲道理

是巨大。

朱熹不仅自己会做学问，还懂得如何让天下人受教育，是名副其实的教育家。作为教育家，朱老师讲起道理来常常会让人茅塞顿开。而且他这种本领似乎是天生的，从年轻时起就用得炉火纯青了。

一天，朱熹去拜访前辈史学家郑樵。郑樵在草堂里招待他。

朱熹拿出自己的一部手稿，请前辈指点。郑樵先是恭敬地接过，放到桌上，接着点起一炷香。屋里变得香气扑鼻，此时窗外一阵山风拂来，手稿被一页一页地掀开。郑樵一动不动，等到风过，他才转过身子，将手稿还给了朱熹。

接下来，两人谈论起了学问，一连谈了三天三夜。吃饭时，因生活清贫，郑樵只端出了白盐、白姜、荞头、白豆腐招待朱熹。

三天后，朱熹带着书童离开。小书童一肚子意见，埋怨道："这个老头子算什么贤人？这么无礼！酒也没有，菜也没有，只放了'四白'，亏他做得出来！"

朱熹笑了："白盐是海里产的，白姜、荞头、白豆腐是山里产的，用'四白'招待我，是尽山尽海，向我行大礼呀！"

书童还是不满意："您给他的手稿，他连看都不看，就还了回来。"

朱熹惊讶地问："你没看到吗？接过手稿后，他特地燃起一炷香，这是为了尊重我；风吹开手稿那一会儿，他就已经把稿子看完了。"

书童一脸不信。

朱熹又说道："我们交谈的时候，他提了不少好意见，还能把手稿里的原句背出来，我很是佩服。"

书童疑惑地说："那您这么大老远来见他，现在离开，他都不来送一程？"

朱熹回答："他送到草堂门口，已经尽礼了。一寸光阴一寸金，我们做学问的人，每分钟都要珍惜。"

此时两人回过头去，竟然看到郑樵还站在远处的草堂门口，保持着送客的姿态，可他的手里还拿着一本书。

朱熹笑了："你看，他还在那里，送客不忘读书，真是个贤人！"

朱熹能说服别人，是因为他自己先领悟到了。就像读书做学问，他要是没开悟，又怎么能指点学子，让大家豁然开朗呢？

朱熹不仅做到了这一点，还会用学子们容易接受的方式来做。一次，他要告诉大家怎么读书，便写了一首诗：

半亩方塘一鉴开，天光云影共徘徊。
问渠那得清如许？为有源头活水来。
（宋·朱熹《观书有感·其一》）

方塘：池塘名，又称半亩塘。
鉴：镜子，也有说是古代用来盛水或冰的青铜大盆。
渠：它，第三人称代词。
为：因为。

换作我们现在的话来讲，大概可以这么说：

瞧，那个方塘半亩大，像面明镜洁白无瑕。
天上云彩流荡，空中云朵徘徊，
美景逐一倒映，万物都在塘水中。

哪里的诗人讲道理

诗人景点推荐专栏

中国古代四大书院之一,值得大家看看。

岳麓书院 位于湖南岳麓山,始建于北宋,朱熹曾重整书院。

请问那水为何如此清净?
因为有源头,因为有活水,持续不断来把它灌注。

只要大家不是那么笨,肯定马上就明白了:老师这是要告诉我们,读书得不断接受新事物,保持思想活跃,才能碰撞出光彩来呀!

又有一次,朱老师又作诗了:

昨夜江边春水生,蒙冲巨舰一毛轻。
向来枉费推移力,此日中流自在行。
(宋·朱熹《观书有感·其二》)

蒙冲:指大船。
一毛轻:像一片羽毛般轻盈。
向来:原先。
中流:河流的中心。

仍然用现在的话翻译一下:

昨夜江边涨起了春潮，今天水面上大船起航，
瞧它那轻盈自在的样子，仿佛自己是一片羽毛。
要是春水没有涨起，它定会笨重难行，枉费许多人力又推又拉。
可它如今多么自在，多么轻松，顺着春水只管漂移就行了。

这又是要讲什么？

答案是——讲创作呀。

艺术创作如果有了灵感，就好像船只行驶在春水上；若没有灵感相助，就会困难重重，怎么大费人力都是徒劳。

枯燥的道理，被朱夫子用比喻轻轻一讲，便让人茅塞顿开。既有画面感，又富有理趣，还能跟日常事物联系起来，果然会讲道理的老师就是了不得啊！

知道什么是"中国四大书院"么？

中国四大书院

湖南长沙的岳麓书院、河南商丘的应天府书院、江西庐山白鹿洞书院、河南登封的嵩阳书院（也有一说是湖南衡阳石鼓书院）。

哪里的诗人讲道理

看到一只鸡，
讲个道理给你听

500多年前的明代，苏州那儿生活着4个多才多艺的文人，人们称他们为"江南四大才子"。这4个人都会写诗，有3个还是著名的画家。

"四大才子"中，最出名的是唐寅。唐寅不但在当时出名，现在也很有名，因为人们特别喜欢编排他的爱情故事。

唐寅有什么传奇的爱情故事呢？

如果你知道他还有个名字叫唐伯虎，就什么都明白了。他就是"唐伯虎点秋香"中的唐伯虎呀！

传说唐伯虎在路上看到了一位美丽的女子，名为秋香，是大户人家的婢女。秋香微笑了3次，唐伯虎深深地被迷住了。为了接近她，这位江南才子进入这户人家当仆人，最后真的娶到了秋香。

这是个美丽的爱情故事，难怪大家都非常喜欢。不过，生活在明代的那个大画家唐寅，真的就是故事里风流倜傥、才华横溢，为了爱情去别人府中当仆人的传奇才子吗？谁也说不清。

这个传说之所以会流传下来，是因为古人也喜欢记录名人的趣闻，曾经就有人记过唐伯虎和婢女这件事，只不过那个婢女不叫秋香。

别的不说，唐寅确实是个大才子。他从小就有才华，还特别会考试，连续两次科考第一，成为"解元"，因而后人一直称呼他为"唐解元"。

考试顺风顺水，自然是一路考下去，准备进入朝廷，为国效力呀。唐寅很快又去了京城，继续参加科考。有他这样的才华，考个好成绩应该不难，运气好说不定又拿个第一名，光芒万丈地步入仕途。

可惜的是，唐寅运气一点都不好，甚至可以说是倒霉透了。他非但没能成为进士，还被牵连进一场舞弊案中。当时有一个名为徐经的学子被指控向主考官买题，徐经是唐寅同行的好友，唐寅也被指控，竟落到锒铛入狱的境地。经过彻查，最终并没有找到真正买卖题目的证据，但两人还是都被剥夺了当官的资格。这件事的真相究竟如何，唐寅是否清白，终是成了谜案。

唐寅满腔悲愤地回到家乡，开始卖文卖画，过起了放浪不羁的生活。大概就是从此时开始，人们发现那位曾经想要为国效力的唐伯虎，已经变成了一名风流才子。

这位风流才子有没有真的喜欢上一位美丽婢女，我们不得而知，但是他身为大画家，能画出绝妙的画，身为大书法家，能留下绝妙的书法作品，身为诗人，能写出很好的诗，这些才华却是千真万确的。

哪里的诗人讲道理

唐寅行事不拘一格，写诗也很放得开，口语都敢放进诗里来，还把诗写得好像儿歌一般。有一次他画了一幅公鸡的画，自己题写了一首诗在上头，夸赞起公鸡的威武雄壮和高洁无染。

头上红冠不用裁，满身雪白走将来。
平生不敢轻言语，一叫千门万户开。

（明·唐寅《画鸡》）

这首诗充满儿歌味道，生动地让我们看到了一只威风凛凛的公鸡，它一开口报晓，"千门万户"就都开了。这得是多大的气场呀！

或许，唐寅心中并不想当那个"风流才子"，而是更想当一位号召万民、为国建功立业的人，所以才会描绘这样一只公鸡来托物言志。虽然命运没有给他这个机会，但他还是用自己的才华和真性情，留下了属于唐伯虎的传奇。

诗人景点推荐专栏

苏州这么美，苏州这么风流，有没有人要来打卡？

拙政园　始建于明正德八年（1513年），是苏州园林的经典代表

苏州重元寺　禅宗古寺，始建于公元503年

别哭，
离别要励志

别哭，离别要励志

> 要离别了，
> 写首感恩诗

很久以前，唐代有位诗人叫孟郊，比白居易早出生差不多20年。这个人跟白居易完全相反，白居易写诗是能多通俗就多通俗，最好老太太都能听懂，而孟郊却是偏要避开大家熟悉的字词。

那他打算怎么写诗？答案就是深思苦吟。

用词要出乎意料，不跟别人一样；句式要仔细推敲，打破常规；韵律也要出奇制胜，不能随心所欲。

这样能写出好诗来吗？

答案是能。

那能像白居易一样有名吗？

答案却是不能。

那时候人们喜欢浅俗，喜欢白居易那种好读易懂，却又面向现实的诗。孟郊却走了完全相反的路，他喜欢写日常生活，喜欢花很多时间苦苦地寻找生僻字、少见的韵律，还有特别生冷的意象。

要是他的诗需要背诵，那岂不是会很吓人？

孟郊还真有一首诗是孩子们必须知道的。

慈母手中线，游子身上衣。
临行密密缝，意恐迟迟归。
谁言寸草心，报得三春晖。
（唐·孟郊《游子吟》）

> **寸草心：** 用来比喻儿女的孝心就像小草一样，十分微薄。
>
> **三春晖：** 春天有3个月，因而叫"三春"。晖就是阳光的意思，"三春晖"便是春天灿烂的阳光，用来比喻母亲的恩情深广。

是不是很意外？这首诗一点都不奇特，也不艰涩难懂。孟郊平淡写来，结果却让人特别感动。

原来这一天，孟郊准备去一个叫溧阳（在如今的江苏那里）的地方当县尉了。这是一个卑微的小官，但是孟郊漂泊多年，穷困潦倒，就算是县尉，也接受了。出发之前，年纪已经老迈的母亲为他准备行装，一针一线地缝制衣衫。那密密的针脚，饱含着对儿子远行的深深关切。这一去，不知多久才能归家；出门在外，又会受到多少风寒？

当时孟郊年纪已经很大，但他性格孤僻，很少跟别人交往。这一次选上县尉，还是奉母亲之命去的，自己并不乐意。但他懂得母亲的慈爱，特别是在即将远行的时刻，看着老母亲一针一线地赶制衣衫，忍不住发出了"谁言寸草心，报得三春晖"的感慨。

子女的孝心就像小草一样微弱，而母爱却像春天灿烂的阳光一样盛大，身为子女，无论怎么做都报答不了这么深厚的慈母恩情啊！

这首诗跟孟郊的其他诗一样，并没有写社会上发生的大事，只是

别哭，离别要励志

诗人景点推荐专栏

常州不但有春秋淹城、中华恐龙园，还有很多风景名胜，比如天目湖……

今年的天目湖还不错。

天目湖 常州著名的风景之一，位于溧阳

写自己的感情，写即将远行这个特殊时刻的一幕，却深深地打动了大家，引起了无数人的共鸣。原来孟郊不止会写艰涩的诗，也会写朴质的诗。

如果我们要背诵的是这样真切的感人诗歌，那就一点都不难，甚至还会很乐意地不断吟诵。孟郊这位刻苦打磨诗艺的人，虽然算不上大诗人，却丰富了唐诗的风格。

唐朝之后，孟郊渐渐受到不少人的喜欢，人们把他跟"推敲故事"中的贾岛放在一起，当作"苦吟派"的"祖师"，还有了许多"徒子徒孙"。他们两都仕途不顺，终生穷困，一生苦吟，但始终没有放弃自己的追求。

苦吟派招生帖

贾岛
加入苦吟派，推敲出好诗。

孟郊
努力复努力，不负慈母恩。

小朋友A
听说苦吟派的人性情怪诞，很不合群……

小朋友B
而且写不出什么好诗……

贾岛
小朋友，我有好诗，我的故事在后面……

孟郊
小朋友，是我的《游子吟》不够好吗？

小朋友A
@孟郊 是很好，但有点沉重哇。看得出你一生郁郁不得志。

孟郊
"春风得意马蹄疾,一日看尽长安花。"我也有科举高中时,那时写的诗成了经典哦。(孟郊《登科后》:"昔日龌龊不足夸,今朝放荡思无涯。春风得意马蹄疾,一日看尽长安花。")

小朋友B
这首还不错!

曹松
"凭君莫话封侯事,一将功成万骨枯。"我们苦吟派的名句被引用过无数次!(曹松《己亥岁二首·僖宗广明元年·其一》:"泽国江山入战图,生民何计乐樵苏。凭君莫话封侯事,一将功成万骨枯。")

小朋友A
@曹松 据说你挺不顺的,70多岁才考中进士。是不是考官不喜欢你的作文?

孙晟
想要飞黄腾达的榜样?找我呀!(孙晟小时候是道士,特别崇拜贾岛,后来被赶出道观,反而得到了后唐庄宗赏识,仕途通达)

小朋友A
@孙晟 你风评可不是很好哦!(据说孙晟性情阴险狠毒,奢靡淫纵,还在乱世中抛妻弃儿)

小朋友B
@孙晟 而且没看到你的诗作哦……你真的是苦吟派诗人吗？

韩愈
开除开除！

小朋友A
韩文公，您怎么在这儿？

韩愈
孟郊贾岛都是我好友，我当然要来捧场！

小朋友B
韩文公，那我跟你学！

小朋友A
我也是！我要加入"古文运动"，写出好作文！

韩愈
……

别哭，离别要励志

> 这真的是送别诗？

将近1000年前的一个夏天，诗人杨万里要送朋友离开杭州。作为有名的诗人，吟诗送别是基本操作，杨万里也写了首诗送给朋友，诗名叫《晓出净慈寺送林子方》。

毕竟西湖六月中，风光不与四时同。
接天莲叶无穷碧，映日荷花别样红。
（宋·杨万里《晓出净慈寺送林子方》）

诗名明确点出了这是一首送别诗，然而我们读来却满眼是风景——西湖的荷，西湖的夏日，西湖的迷人风光。

乍看之下，这趟送别十分愉悦。明朗开阔的风光，全无离别之愁的心情。明明是在送别，却句句在写景，难怪有人认为它就是一首写景诗，杨万里只是生动地描绘了一幅六月西湖美景图。

真的是这样吗？

让我们回到那个夏天，身临其境地感受一下。

杨万里送别的这位朋友，名字叫林子方，本来是皇帝身边的文官，但现在要离开皇帝，去如今的福建那儿当官了。

林子方很开心，觉得皇帝给了他一个好职位。但好朋友杨万里不是这么看的。杨万里觉得，离开杭州并不是一件好事。

为什么呢？

因为杭州很好，杭州西湖与众不同，别处哪有这么美的风光呀。你看那碧绿的荷叶，无边无际地连向天际；那亭亭玉立的荷花，在夏日阳光的辉映下，多么红艳动人。

难道杨万里挽留友人的理由竟如此天真？只因为杭州有美丽的西湖，别的地方没有这样的美景么？这也未免太天真、太诗意了吧！

西湖确实很美，杭州确实是人间天堂。但美景怎么比得上前途重要呢？如果林子方是奔向美好前程，杨万里应该不会这么劝他。这个时候，杨万里已经是朝廷重臣，还曾是太子老师（东宫侍读），考虑事情不会这么任性。

那么只有一个可能，就是杨万里觉得留在杭州有更好的前程。

这又是为什么呢？因为离皇帝近呀！此时是南宋，南宋都城是临安，也就是杭州。离开杭州，就是离开皇帝身边，离开南宋政治中心。

这么想来，你也许就恍然大悟了。古人常常把皇帝比作太阳，也许杨万里这里说的"映日"，就是指在皇帝身边会显得分外重要。

林子方和杨万里性情相投，两人经常在一起畅谈抗金强国的想法，切磋文章诗词，可以说是志同道合的好友了。杨万里不想林子方

别哭，离别要励志

离开杭州，既是舍不得友人，也是觉得主战派需要他吧。

不管是不是这个意思，都不影响我们从这首诗领会到西湖的魅力，杨万里这首诗也便成为西湖名诗了。可惜的是，送别林子方的第二年，杨万里为另一友人讲话，结果得罪了皇帝，也不得不离开美丽的西湖，去了南方。

人事变幻，西湖却千百年来一直那么迷人，总把它的美印进诗人的心里，随着他们那些穿越时光的美好诗词，也走进了我们的内心。

诗人景点推荐专栏

大家只知道西湖有雷峰塔，可有人知道那里的景点还有很多？

等我作诗一首，带你们领略净慈寺风光。

杭州西湖净慈寺　公元954年吴越王钱弘俶所建

西湖诗会群

辛弃疾
"诗人例入西湖社。"（辛弃疾《贺新郎》）

欧阳修
"何人解赏西湖好。"（欧阳修《采桑子》）

白居易
两位且慢……

辛弃疾
"烟雨偏宜晴更好。"（辛弃疾《贺新郎》）

欧阳修
群芳过后西湖好。荷花开后西湖好。天容水色西湖好。画船载酒西湖好。平生为爱西湖好……（欧阳修《采桑子》十首）

（辛弃疾、欧阳修已被禁言）

白居易
@欧阳修 欧阳兄，知道你很激动，但请别激动。今天我们之所以在这里，是因为杭州西湖，不是因为颍州西湖。（欧阳修写的是安徽的颍州西湖）

白居易

@辛弃疾 辛兄，此群为杭州西湖而建，非为福州西湖。（辛弃疾写的是福州西湖）

苏轼

那惠州西湖……

白居易

苏兄，知道你关心惠州西湖，但也不行。

（辛弃疾、欧阳修解除禁言）

欧阳修

就不能包容一点？所有的西湖都是西湖嘛！无论是杭州西湖、扬州瘦西湖，还是惠州西湖、颍州西湖……（这4个西湖并称"中国四大西湖"）

晏殊

赞同。（晏殊写过颍州西湖的词）

陈师道

赞同。（陈师道写过颍州西湖的诗）

韦庄

赞同。（韦庄写过瘦西湖的诗《过扬州》："当年人未识兵戈，处处青楼夜夜歌。花发洞中春日永，月明衣上好风多。淮王去后无鸡犬，炀帝归来葬绮罗。二十四桥空寂寂，绿杨摧折旧官河。"）

祝允明
赞同。（祝允明写过惠州西湖的诗）

苏轼
"大千起灭一尘里，未觉杭颍谁雌雄。"（苏轼对颍州西湖也很有感情）

白居易
苏兄真是博爱。

欧阳修
@白居易 你就说行不行。

白居易
不行，谁都不能与我的钱塘湖相提并论。（西湖也叫钱塘湖，白居易有名诗《钱塘湖春行》："孤山寺北贾亭西，水面初平云脚低。几处早莺争暖树，谁家新燕啄春泥。乱花渐欲迷人眼，浅草才能没马蹄。最爱湖东行不足，绿杨阴里白沙堤。"）

杨万里
要不……咱投票？

白居易
@杨万里 送别群在呼唤你。

苏轼
送别群？等等，我也去！

> 离别不要哭，要励志

生活在北宋的大文学家苏轼，是个特别乐观的人。关于他的故事非常非常多，而且他还是很多很多人的榜样，用现在的话来说，就叫"偶像"。

不过，你要是把苏轼当成自己的"偶像"，那可得加把劲，因为要学的东西可多了。他是个很好的诗人，写的诗流传千古；他会写精彩的文章，谈起历史来有自己的一套，让人惊叹；而他做得最好的，是开创了豪放派宋词，我们今天能看到那么出色的宋词，苏轼功劳很大。

你要是以为诗、文、词出色，就是苏轼的全部技能，那可就错了。他还是个大书法家，还是个画家，还会做"东坡肉"，还会酿酒，还能造桥，还能修湖……

这到底是个什么样的人才啊，会这么多东西？说起来，苏轼正是"全才"的代表。谁要是兴趣广泛，善于学习，也能变成那样的全才，但成为一个"全才"，还远远不够，离苏轼这样的"偶像"，只怕还有八千里远呢。苏轼究竟还有什么特别值得学习的呢?

就是他的达观精神了。

苏轼有一个特别厉害的能耐,那就是每次别人觉得"事情糟透了""活不下去了",他却能微笑着说"现在也很好呀",还能用最精彩的方法来讲明白,为什么"现在也很好"。

比如有一年秋天,他去给朋友刘景文送别,看到他不是很开心。为什么不开心呢?因为年纪大了,人生不是很顺利,还面临着离别等等原因吧!

这位刘景文是北宋一位大将的后代,苏轼称他为"慷慨奇士"。

刘景文是武将中的文人,与苏轼关系极好,还曾一起治理西湖。但刘景文的人生也并不得志,年纪已大,却未能光耀家门,如今又面临离别……

苏轼便安慰他,你看,虽然秋天来临,荷花凋谢,高举的荷叶也没有了,但秋菊不是还有花枝倔强地挺立么?而且你反过来想想,现在其实正是一年中最好的时光,因为橙子黄了,橘子快成熟了,也是个收获季节呀!

荷尽已无擎雨盖,菊残犹有傲霜枝。
一年好景君须记,最是橙黄橘绿时。
(宋·苏轼《赠刘景文》)

荷尽:荷花凋谢。
擎(qíng):举,向上托。
君:您。

其实说白了,就是"现在也很好呀"!

"现在也很好"的故事,跟苏轼有关的,可多了去了。有一次,

别哭，离别要励志

苏轼得罪了皇帝和权贵，差点被杀头，最后从轻发落，被赶去黄州当了个小官。大家都觉得太惨了，活不下去了，黄州那么偏远，年少就成名的苏轼去那里，怎么受得了呀！

但苏轼是什么感受呢？他去了之后，给朋友来了信，说这儿虽然穷苦，但百姓十分淳朴，妙的是当地食物还十分好吃，完全可以快乐生活。

换句话说，不就是"现在也很好"吗？

这样的乐观精神，打动了无数人，这才是苏轼成为跨时空"偶像"，被每个时代、每个地方的人都喜爱的原因。

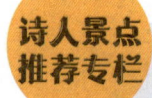

诗人景点推荐专栏

黄州赤壁其实不是三国的赤壁，但因为一个人火了……

谁敢说"最强代言人"不是我？

黄州赤壁 位于古城黄州的西北边，因有岩石突出仿佛城壁，颜色赭红，所以称为"赤壁"。这个赤壁也称为"东坡赤壁"，因苏东坡曾在此游览，写下千古名篇《念奴娇·赤壁怀古》《前赤壁赋》《后赤壁赋》。

送别诗交流群

杨万里
我来了！

苏轼
我来了！

李白
两位为何如此激动？

杨万里
不是大家在召唤我么？

（杨万里分享文章《这真的是送别诗？》）

李白
其实……我们正在谈论怎么喝酒……

杜甫
大家别误会，是送别中的酒……

李白
"抽刀断水水更流，举杯消愁愁更愁。人生在世不称意，明朝散

发弄扁舟。"（李白《宣州谢朓楼饯别校书叔云》》

杜牧

"多情却似总无情，唯觉樽前笑不成。蜡烛有心还惜别，替人垂泪到天明。"（杜牧《赠别二首·其二》）

王勃

这么忧伤？"海内存知己，天涯若比邻。无为在歧路，儿女共沾巾。"（王勃《送杜少府之任蜀州》）

苏轼

@王勃 好！离别不要哭，要励志。

杨万里

离别不可怕，怕的是离开西湖。

苏轼

@杨万里 西湖群在喊你。

杨万里

这回我可不上当。

白居易

今天的主持是哪位？聊到哪了？

高适

聊到友情。"千里黄云白日曛，北风吹雁雪纷纷。莫愁前路无

知己,天下谁人不识君。"(高适《别董大》)

杜甫
友情会消失……另外,今天的主持是太白兄。

李白
随便,别打扰我喝酒。(李白、高适、杜甫的友情故事详见《古诗是本故事书》)

白居易
那我来?"离离原上草,一岁一枯荣。野火烧不尽,春风吹又生。远芳侵古道,晴翠接荒城。又送王孙去,萋萋满别情。"(《赋得古原草送别》)

王维
"山中相送罢,日暮掩柴扉。春草明年绿,王孙归不归?"(王维《山中送别》)

李白
王孙王孙,王孙是谁!

白居易
是你是我。

李白
告辞。

苏轼
@李白 等等我！一起到江南诗会群。

杜牧
哈哈哈，还是喝酒痛快。

李白
@杜牧 @苏轼 走吧！一起去酒鬼群！

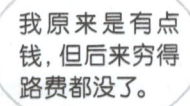

千年诗会 柒

群里的财主别低调，支持"千年诗会"，有钱出钱。

怎么没人出声了？

千年诗会（500）

满人！千年诗会群进不去！

我原来是有点钱，但后来穷得路费都没了。

我小时候家里有钱，后来穷得没地方住。

我长期失业，穷得吃野菜。

"奇葩"诗人在各地

千年诗会投诉群

陆游
群主何在？我要投诉！

王维
陆兄弟，这是咋了？

（陆游分享文章《朱夫子，你撒谎了》）

王维
就是个标题党，陆兄弟不必生气。

陆游
这个标题党过分！

苏轼
消消气，兄弟。我也被编排了。

（苏轼分享文章《一个"吃货"在看画》）

陆游
这能是一回事吗？他们没有污蔑你。

苏轼
啊……你好像很失望。

杜牧
哈哈哈。

（杜牧分享文章《别人去扫墓，我去喝酒》）

陆游
笑什么，你也被归在"奇葩"里。

贾岛
我也是……

陆游
很难想象竟有人调侃朱夫子！（朱夫子即朱熹，是陆游的好友）

郑燮
因为他们不喜欢八股文。（八股文是明清考试制度规定的文体，八股文的观点必须遵循朱熹的注解）

陆游
是后人要用朱夫子的注解当标准，为何迁怒朱夫子！

王维
"奇葩"是标题党，"撒谎"也是标题党，这种行为不可取。

陆游
说得对。

贾岛

争做标题党,不如学苦吟,"两句三年得,一吟双泪流",一个好标题值得反复推敲。

杜牧

赞同,都送去苦吟派练功。

陆游

@贾岛 多收点学费!

机器人萝卜头

今天要交学费!

皇家旅行团④

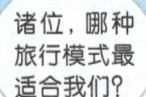

诸位,哪种旅行模式最适合我们?

高端定制旅行。

新业务?还是我们要出发去旅行?

哦耶,有没有补贴?

是不是想太多?

明显是要我们开团……

苦吟诗人上课了

漂泊地点：终南山

唐朝时期，有位诗人曾经到访隐士喜欢的终南山，还留下这一天的"日记"。

这一天发生的事，其实是一件小事。而这件小事，最俗的说法大概是"我去拜访朋友，朋友却出去了"。

如果就这么讲，该多么无趣。唐朝诗人才不会这么写日记呢。

松下问童子，言师采药去。
只在此山中，云深不知处。
（唐·贾岛《寻隐者不遇》）

拜访朋友，朋友却不在，这本是遗憾，好在对诗人来说，"不遇"便有不遇的乐趣。千年前唐朝诗人的一天，反而留下了3个"有意思的人"。

第一个"有意思的人"是目标人物,也就是要寻访的这位朋友,他的名字很可能叫长孙霞。

长孙霞是一位隐居在终南山的能人高士,平日里修炼身心,采采药草、做做草药,过着与世隔绝的隐士生活。那时候是唐朝,人们已经发现了很多药草("药王"孙思邈就生活在这个时代),而真正隐士的一个重要技能,就是采药。

隐士的身边,如果有人跟随,一定是很有意思的人物。长孙霞住在山中,身边"有意思的人"是谁呢?

是个童儿,也就是一个小孩儿。

小孩儿称呼长孙霞为"师父",无疑就是这位山中隐士的弟子了。隐士的弟子自然也是与众不同的,这个与众不同表现在哪儿呢?

就在他的3个答案里。

"你师父呢?"

"去采药了。"

"去哪儿了?"

"山上。"

"怎么找到他?"

"不知道他在哪个角落,找不到。"

这3个答案构成了3句充满想象空间的诗,读起来平白通俗,却意味深长。

问题是,这首诗只有4句!

要是童子知道这位访客写了这样一首诗,会不会大吃一惊:这位叔叔啊,你把我的话都抄了去,就成一首诗了?

没错！而且还是一首好诗！这位"取巧"的诗人是谁？怎么写诗这样随意？

他的名字是贾岛，有个名号叫"苦吟诗人"。听这名号，你是不是觉得不可思议？不是说他写得容易么，怎么还说是"苦吟"？有那么辛苦吗？

当然有！那些看似最轻巧最天然的诗句，其实写来最是不容易。贾岛是个写诗特别用心的人，据说他作的每一句诗，都是经过仔细推敲得来的。

恰巧"推敲"这个词，就是从他的一个故事中来的。

那次他也是去拜访朋友，巧的是，那位名叫李凝的朋友也出去了。贾岛没见着朋友，就开始作诗：

闲居少邻并，草径入荒园。
鸟宿池边树，僧敲月下门。
过桥分野色，移石动云根。
暂去还来此，幽期不负言。
（唐·贾岛《题李凝幽居》）

邻并：邻居。
分野色：山野景色被桥分开。
云根：古人认为"云触石而生"，于是称石为云根。
幽期：隐居的约定。
负言：食言，失信。
李凝：诗人朋友，一个隐者。

这首诗最出名的是"鸟宿池边树，僧敲月下门"两句，但在最开始，贾岛一直考虑要不要用"僧推月下门"，从那天夜里一直考虑到第二天，他还是下不了决定。第二天他骑着毛驴回去，还在想到底是用"推"字好还是"敲"字好。

"奇葩"诗人在各地

因为想得太入神，贾岛的毛驴竟然闯进了一位京城官员的仪仗队里。而这位官员，竟是大文学家韩愈。

韩愈听说了缘故后，很是好奇，于是也仔细"推敲"了一下，帮他作了决定：就用"僧"字吧。

因为这件事，穷小子贾岛和大文豪韩愈变成了朋友。

喜欢推敲的诗人贾岛，是不是还挺有意思？他就是第三个"有意思的人"，名诗《寻隐者不遇》的作者。

能成为隐士的朋友，贾岛自然也不是一般人。他也许不是天才，因为他每写一首诗都不容易，都要推敲好久。但因为特别刻苦，特别用心，最后贾岛还是成了有名的诗人。

贾岛作诗的过程，说起来跟隐士的生活一样，也是一种修炼。他看起来是去寻访隐士，但其实也是去寻道，而每个人想要寻找的"道"，可能都不一样。

> 终南山是个神奇的地方，不但有隐士，还有世外风光。

诗人景点推荐专栏

终南山 位于终南山秦岭山脉中段、古城长安之南，是中国重要的地理标志

苦吟派招生啦

贾岛
很高兴大家选择我们！

孟郊
欢迎加入！

姚合
我会为大家邀请各路名师客串。

小朋友A
能请到什么大咖？

小朋友B
大红人李白可以吗？

姚合
李白下笔如有神，不适合苦吟派哦。

小朋友A
这正是我需要的技能。

小朋友B
这正是我需要的技能+1。

贾岛
"诗圣"杜甫是我们的祖师!

小朋友A
这还差不多!

小朋友B
真的吗?我不信!

孟郊
好好学习,不要好高骛远。

小朋友B
那我再提一个小问题。

姚合
欢迎提问。

小朋友B
@姚合 你有找到好工作吗?

贾岛
……(苦吟派诗人大多仕途不顺)

姚合
我48岁之前比较惨,48岁之后官运亨通哦!

小朋友A
听起来还不错!

小朋友B
就不能少年得志么?

机器人萝卜头
少壮不努力,老大徒伤悲。

千年诗会 捌

看来有钱诗人不多,是否考虑外援?

大家可以不装穷吗?

我愿意砸锅卖铁,奉献一下。

那倒是不必,我可以拉到赞助。

这样的话,让玄宗皇帝进来?盛唐帝王都有小金库。

反对,他作诗水平不达标。

(李隆基入群申请被拒)

"奇葩"诗人在各地

> 别人去扫墓，
> 我去喝酒

漂泊地点：安徽池州

1200多年前，唐朝到了晚期，京城那里出了位才子。这位才子，人们称呼他为"杜十三"，因为他在家里排行十三。

唐人喜欢按排行称呼别人，"杜十三"的真名，其实叫杜牧。这个杜牧不是简单的人物，跟他相关的几个词是这样的：

京兆人——他是京城长安人；

宰相之孙——他祖父是唐代三朝宰相杜佑；

小杜——他生在杜甫后面，只好委屈当"小"了。

原来这是从京城高门大户里走出来的一位贵公子呢！而且走出来的不是一位纨绔子弟，相反是个名闻天下的文艺青年。如果论写诗，没有了李白杜甫来竞争，杜牧大概能拿第一。

有一年，这位"长安杜氏"出来的才子来到池州，当了地方官。

池州离京城不是特别远，但怎么说也是离开了京城。别人离开京城，也许只会觉得失落，杜牧离开京城却还有另外一种郁闷，那就是离乡背井的感觉，因为他家在京城呀。

好在他有一双文艺的眼睛，到处能发现有意思的东西。

在池州这里，他发现了什么呢？

发现了杏花和酒。

清明时节雨纷纷，路上行人欲断魂。

借问酒家何处有？牧童遥指杏花村。

（唐·杜牧《清明》）

原来池州这儿有个村子，在唐朝的时候可能漫山遍野种着杏花，村名就叫杏花村。这儿的杏花丛中藏着雅致的小酒屋，行人路过，远远就能看到酒旗迎风招展，不知留住了多少路人的脚步。

杜牧来到池州没多久，不但发现了杏花村，还找到了村里最有名的一家酒屋。这家酒屋叫"黄公酒垆"，开店的是一位有名的酿酒师傅，人称"黄公"。黄公家的院子里有一口井，能打出好喝的水，拿来酿酒别有风味。用"黄公井"酿出来的"黄公酒"，远近都闻名。

杜牧也许是被花吸引过来的，但把他"套"在这里的，一定是酒。他是个特别爱喝酒的人，喝酒，旅行，那都是唐朝范儿，哪个唐人不是一有机会就要体验体验呢？

事情是这样的。

在一个特殊的日子，才子杜牧"宅"不住了，他要出去，他要喝酒。这时候外面正纷纷扬扬地下着雨呢，但路上来来往往不缺路人，因为已经到了清明节呀！按照大唐官府的规定，清明节自然是要

"奇葩"诗人在各地

放假的，据说前后加起来要放7天，跟寒食节合在了一起。

这个时候，别人都去给先人扫墓，而杜牧作为一个京城人，先人并不在这儿，自然无墓可扫。他孤零零地走在路上，越走越是郁闷，这时候也有个标准的做法——借酒浇愁。

酒在哪儿呢？

杜牧随口问起了旁边的人，此时从旁边路过的，好巧不巧是个牧童。牧童好，牧童什么都知道，牧童是村子的"标配"和"代表"。

这个牧童的举动果然不负众望，他小手一指，指出了一个"千年品牌"——杏花村。

杏花村那儿有酒，去吧！

杏花村那儿不但有酒，而且是黄公酒。

于是，这个千年前的清明节成了最有名的清明节，它定格了清明的经典场景——雨纷纷。如果哪个清明不是"雨纷纷"，你还会觉得那是清明吗？

诗人景点推荐专栏

"昔在九江上，遥望九华峰。天河挂绿水，秀出九芙蓉。我欲一挥手，谁人可相从……"李白在召唤我们去九华山！

安徽池州九华山 九华山是中国佛教"四大名山"之一，位于安徽省池州市。这里是韩国人热衷的朝圣地，因为他们认为这里的地藏菩萨是韩国人。这位菩萨俗姓金，古代新罗国（位于今韩国庆州）人。

大唐诗人节日交游群

杜牧
杏花和酒，很配清明！

贾岛
"今日清明节，园林胜事偏。晴风吹柳絮，新火起厨烟。"（贾岛《清明日园林寄友人》）

杜牧
@贾岛 这回找到朋友了？

贾岛
@杜牧 多谢杜公子关心，我还是有一个朋友可以约来园林聚会的。

来鹄
"几宿春山逐陆郎，清明时节好烟光。"（来鹄《清明日与友人游玉粒塘庄》）

贾岛
@来鹄 咱们冷门诗人多来几首。

来鹄
@贾岛 贾老师不算冷门了,何况大唐人人可以作诗,不是非要大红人。

杜牧
有道理!喝酒!

祖咏
那我也来。"霁日园林好,清明烟火新。"(祖咏《清明宴司勋刘郎中别业》)

杜牧
@祖咏 我知道你,你去长安考试的故事有意思。(祖咏去长安应试,按照规定应该写12句律诗,但他只写4句就交卷。问他为何如此,祖咏回答:"诗意已经完满。"这4句诗是:"终南阴岭秀,积雪浮云端。林表明霁色,城中增暮寒。"诗名为《终南望余雪》,此诗后来被编入《唐诗三百首》,成为名诗)

王维
@祖咏 想你了,有空来约。(祖咏一生不得志,但跟大红人王维是知交好友,王维曾作《赠祖三咏》相赠:"结交二十载,不得一日展。贫病子既深,契阔余不浅。")

祖咏
@王维 一定!

白居易
你们有约,我独在家。"好风胧月清明夜,碧砌红轩刺史家。独绕

回廊行复歇，遥听弦管暗看花。"（白居易《清明夜》）

元稹
@白居易 待家里干吗，来玩！"清明来向晚，山渌正光华。杨柳先飞絮，梧桐续放花。"二十四节气都要感受一下，都要写一遍！（元稹《咏廿四气诗·清明三月节》）

皎然
"谁知赏嘉节，别意忽相和。暮色汀洲遍，春情杨柳多。"（皎然是唐代有名的诗僧）

元稹
还不错。

白居易
清明诗大家就不必争了，反正大家想起的只有杜公子。

王维
杜公子已经是红叶诗人。

杜牧
无所谓，我可以换成清明诗人。

白居易
那……要不红叶诗人重选？

"奇葩"诗人在各地

大唐诗会 6

听说"千年诗会"在拉赞助?是不是盯上我们李唐皇室金库了?

我刚被拒绝。

他们要找会作诗的帝王,标准不能降低。

不会要找隋炀帝吧?他作诗水平可不赖。

可以找陈后主……

找南唐后主不是更好吗?

是不是想太多?

瞧你们推荐的什么……没人记得"三曹"的曹丕也是皇帝吗?

这跟我们有什么关系?

一个"吃货"在看画

漂泊地点： 江苏江阴

北宋初年，传说有9位僧人很会写诗，而9人中最优秀的那位名为惠崇。惠崇不仅是位诗僧，还是位画家，他曾经画过一幅画，画名叫《春江晚景》。

这幅千年前的画如果流传到现在，那大概便是国宝了。

惠崇确实有画作流传下来，但很可惜，不是这一幅。奇怪的是，这幅画流失了，我们却都知道画上有什么。

画上有一片竹林，竹林外两三枝桃花绽放了。

春回大地，江水渐渐地回暖，最先感受到水温变化的，是每天在水里游动的动物，比如游弋在水中的鸭子。

江岸上，蒌蒿长得满地都是，芦苇也开始发芽。

最特别的景象是，美味的河豚正准备从大海逆流而上，游回到江里来。

名副其实，确实是春江的景象。但是，画既然丢了，为何我们还

203

"奇葩"诗人在各地

能知道画上有什么呢?是有人记录下来了吗?

没错,是一位大诗人、散文家、画家、美食家、养生专家、水利专家、酿酒师……不用等报出全部身份,你都能猜到是谁了吧?

就是我们名号列出来吓死人的苏轼大诗人。

有一天,苏大诗人来到了江苏那儿的江阴,逗留的时间里,恰好看到了惠崇的画。这幅画"很对胃口",于是他提笔作了首题画诗。

竹外桃花三两枝,春江水暖鸭先知。
蒌蒿满地芦芽短,正是河豚欲上时。
(宋·苏轼《惠崇春江晚景二首·其一》)

大诗人出手,惠崇应该会感到满意吧?

不好意思,惠崇没法提意见,因为此时距离他去世已经几十年了。苏轼爱怎么题,就怎么题吧!

只是,苏大诗人的关注点都放在了"可以吃的东西"上了。

江中有鸭——可以吃。

岸上满是蒌蒿——可以吃。

芦苇发芽了——可以吃。

让人惊喜的是,河豚来了!

河豚是十分美味的河鲜,如果处理不当,吃了会中毒。但苏轼才

蒌蒿:草本植物,茎可食。

芦芽:芦苇幼芽,可食用。

河豚:一种鱼,学名"鲀",肉味鲜美,但有剧毒,产于我国沿海和一些内河,每年春天会逆江而上,在淡水中产卵。

上:逆江而上。

不怕,他可是个标准的"吃货",为了吃,什么都做得出来,尝试河豚这种小事,完全不用担心他没胆子。

苏轼一下就被惠崇这幅画吸引,难道是因为看到蒌蒿满地芦苇发芽,肥鸭子和胖河豚都可以吃了吗?说不定河豚压根就不在画上,只不过是苏大诗人根据时间"脑补"出来的呢!

就算脑子里满是"吃货"想法,苏大诗人也能把所有东西写得充满诗意,有色有味,有动有静,甚至连温度都有。所以,不用担心他"耽于口欲",诗意都还在,意境也都在,如果惠崇看到这首诗,想必也会微笑点头。这是多么温暖又明丽,多么有趣又鲜活的诗,而诗中显露的生活气息,正是苏轼最吸引人的地方。

诗僧惠崇出生的时间是965年,去世的时间是1017年。而苏轼在1037年才出生,也就是说,惠崇去世刚好20年,苏大诗人才呱呱坠地。两人没有机会见面,但苏轼一辈子都不缺僧人朋友。

正是跟僧人有缘,才是苏轼一见到惠崇的画,就喜欢上的原因之一吧。据说他为这幅画连续题写了两首诗。

两两归鸿欲破群,依依还似北归人。
遥知朔漠多风雪,更待江南半月春。
(宋·苏轼《惠崇春江晚景二首·其二》)

惠崇的画丢失了,苏轼的题画诗却"喧宾夺主",成为名诗一代代流传下来。这也算是苏轼和僧人的奇妙缘分吧。

吃吃喝喝玩乐篇

苏轼
有没有人团购东坡肉，最近手头有点紧……

欧阳修
倒是想要唐僧肉，你有么？

苏轼
欧阳老师，唐僧肉没有，有宋僧醋。（苏轼的朋友佛印和尚曾邀请苏东坡、黄庭坚一起吃桃花醋，留下了《三酸图》）

黄庭坚
苏老师，是不是需要接济？

秦观
苏老师，是不是需要接济？（黄庭坚、秦观、晁补之和张耒合称"苏门四学士"，都曾游学于苏轼门下）

苏轼
@黄庭坚 @秦观 我有东坡，可以种田养活自己。（苏轼曾带领家人在城东一块坡地种田，帮补生计，顺便称自己为"东坡居士"，

还创制了美食"东坡肉")

秦观
老师还可以做美食博主。

黄庭坚
老师还可以带货。

陈师道
苏老师不写文了么……("苏门四学士"加上陈师道、李廌,又合称"苏门六君子")

黄庭坚
苏老师要游山玩水。

秦观
苏老师要做美食。

欧阳修
@苏轼 记得完成功课。

苏轼
@欧阳修 欧阳老师,那我还是得先去玩……(苏轼被发配黄州时,多次去附近的赤壁山玩,写下了《赤壁赋》《念奴娇·赤壁怀古》等名作)

黄庭坚
@欧阳修 欧阳长辈,您为何也在游乐群里?

苏轼
@黄庭坚 欧阳老师是群主,欧阳老师最爱玩了……(欧阳修不但自己喜欢游山玩水,还喜欢吆五喝六,带着民众一起玩。在滁州时就是这样喝酒玩乐,还留下了名篇《醉翁亭记》)

欧阳修
……

诗人景点推荐专栏

有没有人知道江阴还有个富豪村?

这样的日子我也想过……

华西村连排别墅 华西村被誉为"天下第一村",位于江阴市

朱夫子，你撒谎了

📍 **漂泊地点：** 山东济宁泗水边（幻想版，其实没去）

一个天气晴和的春日，一位挂着"大教育家、大思想家、哲学家、理学家、诗人、闽学派代表、儒学集大成者，尊号朱子"一长串名号的南宋人出门了。

他是南宋名人朱熹，要去一条叫泗水的河边踏青。大学问家出门，仿佛突然从书斋来到花园，猛然被眼前的万紫千红迷了眼。

春回大地，万象更新，无边的春景都焕发了新生。朱子忍不住赞叹，随便一瞥都是春，随意一看便能认出春天面貌。

那春天究竟是什么面貌？

胜日寻芳泗水滨，无边光景一时新。
等闲识得东风面，万紫千红总是春。

（宋·朱熹《春日》）

胜日： 天气晴朗的好日子。
寻芳： 游春踏青。
泗水： 河名，在山东省。
滨： 水边。
等闲： 轻易。

"奇葩"诗人在各地

春天是万紫千红,春天是百花齐放。

知道这位大儒的人也许会发问:朱熹啊朱熹,你不是争分夺秒的人吗?你不是说过做学问的人时间宝贵么?你怎么也来学少年人踏青?还满脸享受的样子,还作诗炫耀?

这也"太不朱熹"了吧!

而了解朱大儒的人,也许会两眼放光:不对,老师一定别有深意!不可能这么简单!

接着赶紧把朱老师的诗抄下来,一个词一个词地拆开来、合起来,左研究右研究,最后……

最后他们还真的找到了玄机。

玄机就在"泗水"这个名称上。不查不知道,一查吓一跳,原来这位德高望重的朱子,写诗还撒谎。

你要去泗水边踏青?

你踏青还看到了泗水边万紫千红,无边风景一时新?

你确定?

朱熹自然是确定的。他要去的地方就是泗水边,那里是山东,是孔子生活过的礼乐之地,是天下儒生都向往的地方。

问题是,你要怎么去?

这时候是南宋,北方落在金人手中,山东无疑也属于金人占领地。

朱老师这是准备先抗金杀敌,夺回失地么?

朱熹确实反和主战,希望皇帝能够雪耻复仇,但他并非猛士将才,他只是个著书做学问、建书院带学生的。

> 这时代还有人选诗吗……

泗水

> 选我！选我！

孔子游学至泗水，看见日夜不息流淌的水，发出"逝者如斯夫，不舍昼夜"的慨叹。李白漫游泗河两岸，写下"秋波落泗水，海色明徂徕"。

现实不能实现，还不能作诗幻想么？

朱老师的游春诗，关键的地方就在于幻想。他幻想在万象更新的春日，去代表着圣地的"泗水边"漫游，去寻访动人的、万紫千红的"道"，找到精神上的盎然生机。

原来这个"谎言"里，还藏着时代的辛酸，寄托着一位儒学导师的愿望。朱熹用心良苦，下笔却是轻描淡写，清新动人。

因为他是朱熹，是天底下最会讲道理的人之一。

这位想要去泗水边寻访"圣人之道"的思想家，一生都在儒学的花园里辛勤耕作。他生活的时代离孔子的时代已经很远很远，最后他却进入孔庙，位列"大成殿十二哲者"。他是里面唯一并非孔子亲传弟子的人。

朱熹的泗水寻芳，最后真的寻到了无边风景，还寻到了进入殿堂的路呢！

"奇葩"诗人在各地

怪人就要有"奇葩言论"

漂泊地点：扬州

清代的时候，江苏那儿出了个怪人，大名叫作郑燮。如果你觉得这名字陌生，那咱们换个称呼，你可能就认识了：郑燮，号板桥，人称板桥先生。

原来，郑燮就是大名鼎鼎的郑板桥。

这位郑板桥，不但自己是怪人，还有一个怪人群，群名就叫"扬州八怪"。起这么个名儿，难道这群人是搞怪艺术家吗？

算你蒙对了一半。他们的确是艺术家，但他们不搞怪。如果硬要说怪，只能说他们的风格"怪"。

这是一群活跃在扬州地区的书画家，人们觉得他们的风格不同寻常，因此给他们贴了个"怪"字，其实，美术史上他们是有正式名称的，就叫"扬州画派"。

"扬州八怪"里，如果硬要找出一个怪人，郑板桥便是那个人。他"怪"得当仁不让，"怪"得明明白白。

怪人就要有"奇葩言论"相配,郑板桥出言惊人——难得糊涂。

人的一生如果能糊涂一些,会过得更好,是这样的道理吗?

如果是这样,他定是嫌弃自己太过清醒了。

板桥先生的清醒,其实是被谋生逼出来的。他出生的时候,家里很穷,长大后娶妻生子,就更穷了。此时他开着学馆在教书,但日子根本过不下去,只好背起行囊,到扬州卖画去了,算是正式加入了"八怪"群。

卖画10年,并未闻名。40岁的人了,还不放手一搏,就只好困顿一生了。于是他参加了科考,运气还不错,连续中了举人和进士。

考试这道门槛是过了,但也要选上了官,才算拿到了"公务员"工作。这一等便等到了50岁左右,官职终于派下来——县令。

如果人生每个台阶都以10年为基数,一生哪有那么多个10年呀!幸好,还有一样东西不是以10年计,还有一样东西可以每日解救他的心灵和生活。那就是他的艺术。

他能写诗,会书法,最出名的是画画。这个怪人一生只画兰、竹、石,画完就题诗。人们爱说达·芬奇画3年鸡蛋,画出了一个"文艺复兴大师",可惜这个故事不幸被证明是编造的。达·芬奇没画3年鸡蛋,郑板桥却真的画了一辈子的兰、竹、石,难道还画不出一个中国大师来?

郑板桥的画功越来越好,熬到朝廷给他官儿做的时候,他早已经是书画大师,有了功名再出去卖画,说不定比当公务员还好了。可是,郑先生还是兢兢业业地上岗报到去为民服务了。

郑板桥是个有原则的人,既然当官,那就要当好官。所以,虽然

213

"奇葩"诗人在各地

诗人景点推荐专栏

江苏扬州瘦西湖（现代版）

扬州旅游地标观音禅寺（现代版）

只得到了县令这种芝麻官，但他做了很多好事，到哪儿都获得百姓的拥戴。

据说他当官的时候，出行连轿也不坐，不许鸣锣开道，不许举"回避""肃静"的牌子。晚上出行也只让人提一个灯笼引路，灯笼上写着"桥"字。他还常常穿上便服，脚上着一对草鞋，跑去乡下察访民情。如果说这是"怪"，那郑板桥的确"怪"得很有一套。

这个当官的阶段，也以10年为数。具体来说，应该是12年。

12年里，他在山东潍县当了7年知县，竟然有5年发生旱灾、蝗灾和水灾。上天给了他一个大考，然而他不但收获了民心，还留下了许多佳话。救民于水火自然是第一位，然后还修城墙，修文昌祠，发现人才……

还有一个附加的发现：官场的黑暗，自己的不合时宜。他大笔一挥，留下"难得糊涂"4字。

潍县7年，大考不断，考出了一个"能吏"，也考出了一个"文师"，双丰收。可惜，10年期限已过，板桥先生要迈向下一个阶段了。他带着"难得糊涂"4字，告别百姓，再次踏上了前往扬州的路。

他又要去卖画了。

只是这一次,他是著名的板桥先生。

他有资格"怪"了。

听说有贪官奸民被游街示众?很好!马上画一幅梅兰竹石,挂到他们身上。

脑满肠肥、附庸风雅的人,想要来买画?天价也不理。

今天怎么没人来问我要画了?那我偏要画,偏要给你们。

这个"怪人"开始放飞自我,高兴时马上动笔,不高兴时不给人画还要骂人。

真有返老还童的"糊涂"样了。

难得糊涂,怪就怪吧。

这"怪",是坚持的"怪",是洞察世态的"怪",是活佛济公的"怪"。那是一种率真,更是一种幽默。

咬定青山不放松,立根原在破岩中。

千磨万击还坚劲,任尔东西南北风。

(清·郑燮《竹石》)

原来,在这"怪"的背后,是磐石的坚强、兰花的高洁、竹子的坚韧。世上有四时不谢之兰、百节长青之竹、万古不败之石、千秋不变之人,郑板桥就是那个"千秋不变之人"。

皇家旅行团⑤
谁来组织一下皇帝巡游？
就我们李家皇帝？
受众可不多哦！
皇家巡游顾问（18）
唐太宗
各位爱卿，有没什么地方推荐？
元稹
哦？那要近点的！
玉真公主
那玩多久？
武则天
要安全的！
孟浩然
还要景色美？
贺知章
让我想想……
身体不适，我就不参加了……
听说有人组织皇帝巡游？带我一个……
请求圣上不要外出！！
大臣信件
皇家巡游顾问（5）
李商隐已退群……
元稹已退群……
韦应物已退群……
陈子昂已退群……
孟浩然已退群……

"向往的生活"在哪儿

"向往的生活"在哪儿

有鸡吃，约吗？

💛 **向往的生活：** 鹿门山+1，农庄+1

大约1300年前的一天，隐居在鹿门山的孟大诗人，接到了一封邀约。

邀请者是一位乡下老友。

约的是一次闲话聚会。

地点是老友的农庄。

邀请者的诚意，表现在"具鸡黍"这3个字里。我们可以猜想，邀约的帖子上写的，也许是：我已备好了丰盛饭菜，快来。

这足够有吸引力吗？能让名满文坛的孟大诗人出山前来？

能呀！

孟浩然是个心性不凡的人，从少年时起就隐居山林，不会在意世俗贵贱贫富。

他爱农村生活，到乡下去对他来说，不失为一个好主意。

他喜欢交朋友，主要有3种方式：一是他主动出去漫游以文会友，比如去找李白玩；二是朋友路过来找他，比如王昌龄就曾拐到鹿门山看他；三是朋友邀约去聚会，比如这位农庄主人。

接受了邀约，那就起程吧。

老友这座庄园，坐落在一个美丽的村子里，或者有可能庄园本身就是个村子。

村庄外，青青的树林环绕，苍苍的青山斜卧。孟大诗人的形容是"绿树村边合，青山郭外斜"。要多诗意就有多诗意，还活像一幅画。

窗户一打开，面前是谷场菜园，这是聚会的环境气氛，可惬意了，叫作"开轩面场圃"；

酒杯端起，话里谈起庄稼农事。此次聚会的主题出现了：喝酒，闲谈，谈的是采桑纺织之类的农事。

谈得开心吗？

当然开心，不管谈的是什么，这种悠闲气氛就已经打动了大诗人，他一兴奋，便把重阳节的节目也约好了：等到九月九日，我还要来这儿喝酒赏菊，就这样愉快地定了哟。

这种惬意，配上庄园的诗意，堪称充满中国风的田园牧歌。

故人具鸡黍，邀我至田家。
绿树村边合，青山郭外斜。
开轩面场圃，把酒话桑麻。

具：置办。
鸡黍：鸡和黄米饭，指丰盛饭食。
合：环绕。
郭：指村庄外墙。
轩：窗户。
场圃：打谷场和菜园。
话桑麻：闲谈农事，桑麻泛指庄稼。

"向往的生活"在哪儿

待到重阳日，还来就菊花。

（唐·孟浩然《过故人庄》）

> 就：靠近。

你有没有注意到，不动声色中，孟大诗人已经列出了一个完整的约会过程。从接到朋友邀约，到接近村庄，到进入庄园，到坐下喝酒笑谈，到定下重阳之约，一步一步完整地讲了村居日常聚会的全过程。

不经意间，就成就了一首动人的田园诗，有事，有情，有景，有田园理想生活的模板。这就是古代版"向往的生活"吧。

诗人景点推荐专栏

> 这就是乡村旅游呀，大江南北都有乡野美景。

云南元阳梯田

开平碉楼与村落

大唐诗人交游录

孟浩然
各位不来鹿门山看我?

李白
上次去找你,没找到,给你写诗了。(孟浩然和李白的故事详见《古诗是本故事书》)

贾岛
"诗仙"也有访友不遇的时候?

孟浩然
抱歉,刚好出门走了一圈,诗收到了,很感动!

王维
辋川别业适合静思,可有人愿来?

宋之问
就是我那个辋川山庄么?

王维
@宋之问 我做了一点改造。

裴迪
@王维 等我!

王昌龄
@孟浩然 等我!

杜甫
@李白 等我!

李白
@杜甫 我到处去,你找不到我。

千年诗会 玖

有个坏消息,愿意赞助"千年诗会"的皇帝都不是诗人……

哈哈哈,在当皇帝和当诗人中选一个,那还是当皇帝好。

我怎么记得这群里有一个唐朝皇帝?不奉献一下?

我姓武,我可动不了李唐皇室金库。

果然一提到钱就六亲不认……

> 变法很累,
> 归去隐居

💛 **向往的生活**：南京半山园+1，紫金山+1

公元1069年，正是北宋神宗皇帝在位的时候。这位皇帝刚刚20岁出头，此时宋朝建立已经超过100年。

100年说长不长，说短也不短。在这段不长不短的时间里，发生了许多事。好的是宋朝变成了一个文采风流、美丽优雅的朝代；坏的是总有外敌来侵犯，边境经常在打仗。

宋朝的100年积累了很多问题，其中有不少都是特别麻烦的问题，全都需要新皇帝来解决。年轻的皇帝即位之后，就面临一件最头疼的事：国家缺钱用。

该怎么扭转这个"贫穷"局面？

皇帝赶紧请来了一个叫王安石的人。这个王安石是个不近人情的"怪人"，吃的不讲究，穿的也不讲究。据说他面前摆着什么菜他就吃什么菜，出去见人也不打扮一下，衣服是脏的，头发是乱的。曾经有个长官看他这副模样，以为他每天夜里都在寻欢作乐，便劝他不能荒废读书。王安石没辩解，只说了一句"你不了解我"。过了没多久，那位长官惊喜地发现王安石特别有才华，仔细了解才明白，原来这个人每天夜里不是在寻欢作乐，而是在通宵读书，因为读书读到废寝忘食，梳洗打扮都顾不上了！

这样一个"怪人"，会给神宗皇帝出什么主意呢？他的主意很简单，就是无情的"变法"。

王安石推出一连串改革，什么均输法、青苗法、免役法、市易法、保甲法、保马法、方田均税法……财政、军事、科举选拔的管理方法统统要改。

神宗皇帝很高兴，大力支持这个新法。

守旧大臣很愤怒，大力反对这个新法。

王安石也很高兴，觉得宋朝马上就能万象更新。这一年元日，这位老是板着脸的"怪人"，竟然也变得跟孩子一样雀跃，欣喜地听着爆竹声响，送走旧的一年，顺便作诗一首。

爆竹声中一岁除，春风送暖入屠苏。
千门万户曈曈日，总把新桃换旧符。
（宋·王安石《元日》）

除：逝去。
屠苏：饮屠苏酒是古代过年的一种习俗。
曈曈：日出光亮而温暖的样子。
桃：桃符。古时农历正月初一，人们用桃木板写上神荼、郁垒两位神灵的名字，悬挂在门旁，用来辟邪。
元日：农历正月初一。

大宋的千家万户都在忙着放鞭炮迎新年，又是喝屠苏酒辟邪，又是更换桃符。这景象太符合王安石此时的心境了。他充满了信心,觉得新法马上就要带给大家这样生气勃勃的局面,让所有人都过上好日子。

有很多人反对王安石的变法,但他十分坚决,他要用爆竹那样的声势,把"怪兽"统统吓走。

民间传说有一种叫作"年"的怪兽,会吃掉牲畜,伤害人的性命,但"年"有3样特别害怕的东西,就是红色、火光和巨响。大家便特地制作了一样东西,既是红的,又能点出火光,还能发出噼噼啪啪的巨大声响,这就是爆竹。

除了放爆竹,元日时大家还要喝屠苏酒,据说能驱赶瘟疫。人们还会用桃木板画上两位门神,挂到门上,这就是桃符,据说挂了桃符可以辟邪。

"怪人"王安石一反常态,写了首诗,耐心地描绘了人们在元日这一天的各种"标准动作":放爆竹,喝屠苏酒,换新桃符……

你要是不知道他很严肃很奇怪,说不定会以为这是哪个爱玩的人写的诗,念起来还怪带劲的呢!

王安石大概想不到,他随手写的诗倒是成名了,大名鼎鼎的"王安石变法"却遭遇了一波三折。

5年之后,在守旧派多番攻击下,宋神宗对变法产生了怀疑,王安石被罢免了宰相之位。但此时变法派仍占据上风,第二年宋神宗又让王安石恢复相位。

王安石从家乡向京赴任,途中又作小清新诗一首。

京口瓜洲一水间,钟山只隔数重山。

225

"向往的生活"在哪儿

春风又绿江南岸，明月何时照我还。

（宋·王安石《泊船瓜洲》）

> 京口：古城名，故址在江苏镇江市。
> 瓜洲：镇名，在长江北岸、扬州南郊。
> 一水间：一水相隔之间。
> 钟山：今南京市紫金山。

但波折故事再度上演。

此时变法派内部分裂严重，外面又有守旧派虎视眈眈，神宗皇帝也是摇摆不定，王安石的变法根本无法推行。

一年之后，王安石终究心灰意冷，多次辞职（或许也是迫于压力）。无论如何，最终他还是回到了老家江宁（现在的南京）。

闲居在家的王安石心情应该颇为郁闷，大宋的积弊难以消除，

诗人景点推荐专栏

李白曾说："地即帝王宅，山为龙虎盘。"南京是个好地方。

紫金山就很美，有空去看看。

云雾缭绕的紫金山南麓秋色

而他的变法无法推行，甚至连这次变法的功过是非，都遭遇了各种争议。

大宋何去何从？他又该如何安生？

一天，郁闷中的王安石出门散心，远远闻到了一股梅花的香气。抬头看去，眼前的景象深深触动了他。

原来，隆冬里百花消失不见，墙角那儿却有几枝梅花顶着严寒，独自开放起来。远远望去，会以为那是雪花落在梅枝上，但是闻到阵阵幽香，就知道那是花儿不是雪了。

冬天里闻到户外的花香，真是一件令人欣喜的事，特别是在心情郁闷的时候，凌寒开放的梅花似乎能带给人更多的激励。

王安石有感而发，又作诗一首，这回是一首励志诗。

墙角数枝梅，凌寒独自开。
遥知不是雪，为有暗香来。
（宋·王安石《梅花》）

即使在最严酷的环境里，只要足够强大，也能让美好的事物发生。人也应该像梅花一样，冲破严寒，散发难得的芳香。

《梅花》这首诗，既是在赞美，也是在勉励，勉励他人，也勉励王安石自己。他坚信自己是对的，他也努力了。

王安石是问心无愧，但外界的争议并没有断过，而那个积弊的大宋江山最终令人遗憾地变成了南宋。

如果王安石变法成功，是否历史会改写呢？

历史会不会改写我们无从得知，我们只知道王安石是个值得尊敬的人。

作为北宋"思想家、政治家、文学家、改革家"，他的一生功过，千年来一直众说纷纭。

有时候他被捧到很高的神坛，有时候他又被踩到地上。

有人说他的变法毁掉了宋朝。

有人说他的变法富国强兵。

从他去世一直到现在，围绕着这位名相的争论，从来就没有停息过。

但是，就算是王安石最大的死对头——从小就会砸缸救人、长大又会编《资治通鉴》给皇帝当教科书的司马光，也不得不对他的人品表示赞赏。

正是这位死对头，在王安石死后说"文章节义过人处甚多……不幸谢世，反复之徒必诋毁百端……朝廷宜加厚礼，以振浮薄之风"。

政敌去世了，很多人会出来诋毁他，司马光不想任由这种"浮薄之风"盛行，最后朝廷追赠王安石为太傅，葬于江宁半山园。

"半山园"是王安石居住的地方。最后10年，他基本就是住在这儿。这儿离金陵城七里远，离紫金山也是七里远，王安石便给自己起外号"半山老人"，园子也因此得名。

王安石晚年退出朝堂，隐居半山园，这时候跟他往来的人，反而有许多真心朋友。据说苏东坡路过这儿的时候，曾经来找他，两人携手同游，王安石还差点说服苏东坡在附近定居。谁能想到，以前在朝堂上，两人其实是互不相让的政敌。

除了路过的朋友来找他，王安石还有一位很是特别的邻居好友，名叫杨德逢，外号"湖阴先生"。

这俩说是邻居，其实相距足有七里，一个住在半山园里，一个住在紫金山上。

七里之遥，往来并不费事。王安石想见老友，便写诗去"招"，诗名就叫《招杨德逢》：杨兄啊，白云有时候还会离开山峰，你难道比白云还要懒么？这就叫"云尚无心能出岫，不应君更懒於云"。

山林投老倦纷纷，独卧看云却忆君。
云尚无心能出岫，不应君更懒於云。
（宋·王安石《招杨德逢》）

> 投老：到老，临老。
> 出岫：出山，从山中或山洞中出来。

这邀约是文人的风雅，"激将法"是两位好友的邀约方式。

有时候不是湖阴先生出山来，而是半山老人进山去。一去七里，来回费时，王安石便在山里午睡，一觉醒来听得黄鸟啼鸣，还以为自己身在半山园呢。

在半山园居住的10年，大约便是这位轰轰烈烈地搞过改革、引发无数纷争的政治家心境最安宁的10年了。幸运的是，他在这儿还有知心好友相伴，日子惬意中竟还有些生动。

王安石念念不忘的"湖阴先生"，究竟是个什么样的人呢？

> 茅檐：茅屋檐下，指庭院。
> 畦：由田埂分成的一块块田地。

茅檐长扫净无苔，花木成畦手自栽。

"向往的生活"在哪儿

一水护田将绿绕,两山排闼送青来。

桑条索漠楝花繁,风敛余香暗度垣。
黄鸟数声残午梦,尚疑身属半山园。

(宋·王安石《书湖阴先生壁二首》)

如果你走进湖阴先生在紫金山上的隐居处,会发现庭院里长年打扫得干干净净,连一丝青苔的影子都没有。花木一畦畦,全都是主人亲手栽种。田地外还有一道流水环护,将绿田绕了起来;外头两座青山打开了门户,送出了一片青绿来。

> 索漠:荒凉萧索貌。
> 楝(liàn)花:苦楝花。
> 敛:收敛。
> 垣(yuán):矮墙。

一个人的居住环境,总是能透露出真正的性情来。湖阴先生住在这样洁净无尘、清幽雅趣的地方,自然是脱俗之士。亲手种花,耕作田亩,又可看出是朴质之人。在山的环抱中修养,山水似乎跟他有了感情,主动来与他亲近了。这样的人,就是传说中的高洁隐士了。

就是不知道这样爱干净的湖阴先生怎么跟王安石这样以"不修边幅"出名的人投契的。王安石在他这儿很是自在,不但在他家午睡,还在他家的墙壁上涂鸦——写了两首《书湖阴先生壁》。

王安石是那种对生活特别不讲究的人。他熬夜读书后,会连梳洗都忘掉,"不修边幅"地出去办公;他面前摆着什么食物,就吃什么食物,根本不在乎自己吃到的是什么……

这样的人和爱干净的清修隐士相处,也算另有一种相映成趣的味道了。

王安石曾写过一首叫作《示德逢》的诗，将湖阴先生看作陶渊明一样的人物。

先生贫敝古人风，沔想柴桑在眼中。
怜愍鸡豚非孟子，勤劳禾黍信周公。
深藏组丽三千牍，静占宽闲五百弓。
处世但令心自可，相知何藉一刘龚。

（宋·王安石《示德逢》）

贫敝：贫穷破败。
沔：同"湎"，沉迷。
怜愍：同"怜悯"，同情。
组丽三千牍：成千上万的文书。
藉：依赖。
刘龚：刘备和龚遂。

有这样的人物相伴看云，相约赏花，聊度晚年，正是人间至乐。

王安石晚年的生活总是少不了这位湖阴先生杨德逢，诗集中跟他相关的诗不下10首。而湖阴先生这个人，便是在王安石充满赞赏的诗中，变成了"神仙人物"。

公元1086年，王安石病逝，享年66岁。此时已是宋哲宗在位，高太后垂帘听政，司马光为相，王安石变法已被全面废除。

大宋诗人辞职旅行群

苏轼
大家不当官时都做什么？

王安石
隐居。

范成大
写田园诗。

陆游
失眠，半夜起床想念中原。

朱熹
著书立说，建书院，教书……

王安石
@苏轼 你呢？

苏轼
@王安石 我一直在做官，不过官越做越小，地方越来越远，最远去了海南。

苏辙
再远就出国了。

苏轼
正是!

苏辙
等等,这是辞职旅行群,我们进来做什么?

王安石
@苏轼 你虽然总是被贬,但小官也是官。

苏轼
很有道理,就要这么乐观……

大唐诗会 7

听说最近咱们李唐皇室火了?发生了什么事?

"千年诗会"因为咱们吵起来了。

听说是因为某位女皇帝呢……

有争议,才有流量。

那"大唐诗会"怎么还是没人来?

"向往的生活"在哪儿

南宋的一个四月

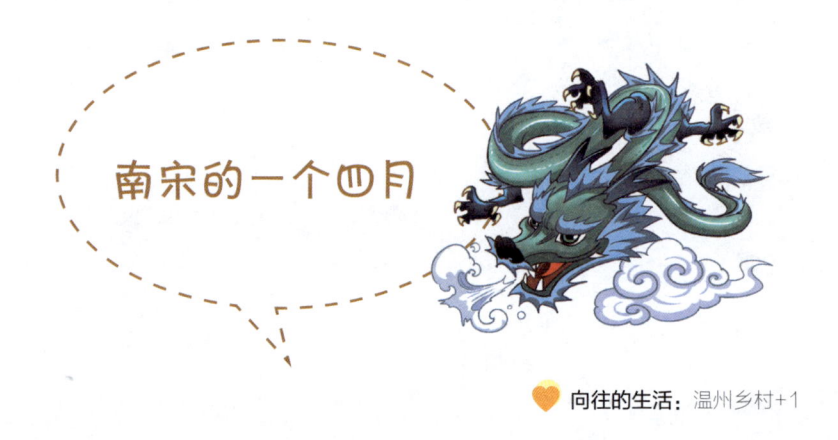

向往的生活：温州乡村+1

南宋的一个四月，江南迎来了初夏农忙。

跟江南有关的一切，总是美丽的。这不，就连江南农忙，也忙出了一幅诗意画卷。

这幅画，应该用轻柔的青白色渲染，采用写实的画法，塑造出朦胧如烟的气氛。这可难不倒古人，特别是宋朝的古人，因为宋朝是历史上最酷爱绘画的一个朝代。这是一个连皇帝都是画家的时代。

不过，我们今天要讲的画，不是宋朝皇帝喜欢的花鸟画，也不是宋朝文人喜欢的山水画，而是一幅"乡村画"。

而且，为我们铺开这幅"画"的，并不是一位画家。他不会画画，他只会写诗。

用诗来作"画"？

这不是两种完全不一样的艺术形式吗？请放开你的想象力，仔细感受文字描绘的画面：

绿遍山原白满川,子规声里雨如烟。
乡村四月闲人少,才了蚕桑又插田。

（宋·翁卷《乡村四月》）

山原： 山陵和原野。
白满川： 稻田的水色映着天光，川即河流。
子规： 杜鹃鸟。
才了： 刚刚结束。
插田： 插秧。

江南四月，山坡绿油油一片，原野绿油油一片。桑木是绿的，禾苗是绿的。绿的世界里，涌动着白茫茫的水。

田地里放满了白水。沟渠里涌动着白水。空中飘荡着丝丝白雨。

如梦似幻的青白天地里，杜鹃藏在绿色草木中，声声啼鸣穿越了白色的雨幕。

村落里，巷弄中，不见闲人的身影。

他们都去哪儿了？

在绿色桑田间采叶养蚕，在白色水田中取禾苗插秧。

一切都笼罩在白色的雨雾中，一切都洋溢着绿色的生机。

这难道不是一幅细腻的，柔美的，生机勃勃的江南初夏图么？

色调是鲜明的，意境是朦胧的，画面是充满层次感的，甚至是动静结合的。

这不就是高明画家的手笔吗？

所以我们现在是要讲画，而不是谈诗？

不是。我们是要谈怎么做到"如诗如画"。就是像这样子呀！用诗的文字表达，却为我们描绘了美丽的画面。

所以，这位诗人（画家）是谁？

他生活在南宋，人称"乡村诗人"。

"向往的生活"在哪儿

诗人景点推荐专栏

温州田园风光甚好，还有梯田，来看看？

田园生活值得体验一下。

温州茗岙梯田 经历1000多年的耕作，茗岙的梯田仿佛大地上的雕刻作品

南宋？你也许会马上问道：那他是主和派，还是主战派？

他应该是主战派，却不是重要人物。但他还是"永嘉四灵"派，在这一派里就很重要了。

"永嘉四灵"不是政治派别，而是个诗派。

这个群体共有诗人4名，全是永嘉（也就是现在的浙江温州）那儿的人，所以就被冠了这么个"群名"。这个群的成员，一个是徐照，一个是徐玑，一个是赵师秀，一个是翁卷。是不是排出来一看，十分冷门，没有一个认识？

别急，很快你就会认识其中的一位了。

他就是翁卷，喜欢写实，喜欢平易的风格，写过蚕妇，写过平民百姓的生活。这都是大诗人白居易的拿手好戏，翁卷当然远远赶不上白居易，但他也有自己的光辉。这小小的光辉，曾经还吸引了一位到处追寻他的诗人。

翁卷的仰慕者名叫戴复古，是南宋"江湖诗派"的诗人（比翁卷更有名）。戴复古是一位名副其实的诗人旅行家，一生布衣，半辈子都在漫游。戴复古曾经到翁卷出现过的浙江温州、江西、福建、湖南等地寻访他的踪迹。一次偶然的机会，两人还真的相逢了。戴复古激动地写下"一片云边不相识，三千里外却逢君"，满是相见恨晚的心情。

人生得一知己不容易，而在多事之秋获得宁静，也不容易。很幸运，翁卷既有了戴复古这样的知音，也获得了乡居生活的宁静。他一辈子都没有进入官场，后来隐居在一个幽静的山村，搭了三四间小茅屋安身，种起了高粱和树木，安心地写诗，一直写到了大约60岁，在平静中去世了。这段乡居生活的一个产物，就是我们今天看到的这首《乡村四月》，而正是因为这首诗，翁卷才从南宋的那个初夏四月走来，看似随意地向我们铺开了一幅明快的画卷。

"瞧，那时候也有这样的生活哟！"

这是一个主和派、主战派斗得你死我活的时代，是南宋朝廷屈辱生存的年代。在这样的时代，能够享受宁静的乡野，看着乡村四月的繁忙，看着农人们的作息，翁卷得到的，何尝不是最大的福分呢。

永嘉四灵交流群

翁卷
最近认识了台州的戴复古,相谈甚欢。(台州与永嘉同属浙江)

赵师秀
我知道他,他是陆放翁的弟子,诗作很不错。(戴复古曾师从陆游)

徐玑
那他是江西诗派?(陆游曾学江西诗派)

翁卷
非也。戴兄与刘克庄同属"江湖诗派",在咱们"永嘉四灵"后兴起。

徐照
也就是说,即将取代我们?

翁卷
相互交流,相互学习,你中有我,我中有你。

赵师秀
@翁卷 有格局!

徐照
@翁卷 喜欢你这位新朋友,我们都是布衣,都爱旅行。

翁卷
我也是布衣。

徐玑
为民服务是我徐家传统。(徐玑是唐状元徐晦后裔,为官清正)

翁卷
@徐玑 徐兄不适合江湖诗派。(江湖诗派中大部分为布衣或下层官吏,身份卑微,标榜江湖习气)

徐玑
我听说他们不满朝政,厌恶仕途……

赵师秀
大家来喝酒详谈,最近孤独,还被爽约。"有约不来过夜半,闲敲棋子落灯花。"(赵师秀《约客》:"黄梅时节家家雨,青草池塘处处蛙。有约不来过夜半,闲敲棋子落灯花。")

徐照
同情。

翁卷
同情。

徐玑
同情。

机器人萝卜头
是不是知道"江湖诗派"要惹祸,不敢聊他们了?(公元1225年,南宋曾发生"江湖诗祸",部分江湖诗人被迫害)

千年诗会 拾

从今天起,禁止讨论则天同学算不算唐朝皇帝。

再讨论下去群就废了。

那没有赞助的皇帝,这个问题怎么办?

就选一个"诗歌皇帝",让他赞助好了。

要我赞助就直说。

不让我上战场，那我去农村玩

❤ 向往的生活：江西上饶乡村+1

唐朝的时候，从皇帝到修补匠都能吟诗，而到了宋朝，情况变了，从猛将到闺中女孩都爱作词了。

大才女李清照随口说"知否知否，应是绿肥红瘦"，提前900多年给我们想好了一部电视剧的名字。写词就应该这么美，清丽婉约，犹如美丽的女子……

等等，词不一定都是这么婉转缠绵的，词还可以豪放呀！那谁来写豪放的词呢？比如一个叫辛弃疾的人。

辛弃疾出生在北方，从小生活在金人的统治下。21岁的时候，一个叫耿京的人组织起了一支起义军，公开反抗金人，辛弃疾马上参加了起义军。第二年，22岁的辛弃疾到南方跟南宋朝廷联络，结果在回来途中就听到了一个噩耗，耿京已经被叛徒杀了，起义军已溃散。辛弃疾义愤填膺，拉起50多个志同道合的兄弟，突袭敌人几万人的军营，抓住了叛徒。

"向往的生活"在哪儿

带着这样勇猛的气势,辛弃疾正式回归了南宋,进入南宋朝廷。这位血气方刚的年轻人斗志昂扬,一来就出了许多抗金北伐的建议,轰动朝野。

人们以为天降奇才,南宋收复北方有希望了。可是,朝廷并不是这么计划的。主和派觉得安稳的局面很不错,为什么要去冒险呢,去了又打不赢。结果辛弃疾的一身神勇、满腔热情,全都被浪费了。时间一天天地过去,根本看不到上阵杀敌的希望。

辛弃疾能怎么办?"凉拌"。

他给自己建了个庄园,名叫带湖庄园,就在今天的江西上饶那里。主人亲自设计,庄园里高的地方建房屋,低的地方开辟成田地,计划过耕读的传统生活。

辛弃疾认为耕作是重要的事,于是又给庄园起了个别名,叫稼轩,从此辛弃疾就变成"稼轩居士",他写的词也有了个名声远扬的称呼——稼轩词。

庄园建成,辛弃疾刚好遭到诬陷(看来他早有预感),被罢了官后,他便正式到带湖庄园隐居了。这一隐,就是20年之久。报国无门,闲居在家,辛弃疾总不能闷死自己,于是他到处走,到处逛,去茅店喝喝酒,去田园看看村民。

他看到了这样的南宋:

茅檐低小,溪上青青草。醉里吴音相媚好,白发谁家翁媪?
大儿锄豆溪东,中儿正织鸡

> 吴音:吴地的方言。
> 翁媪:老翁、老妇。
> 锄豆:锄掉豆田里的草。
> 亡(wú)赖:指小孩淘气,亡同"无"。

笼。最喜小儿亡赖，溪头卧剥莲蓬。

（宋·辛弃疾《清平乐·村居》）

    这是南宋一个寻常人家的日常生活：门前坐着一对白发夫妇，正在相互打趣。原来他们刚喝了点小酒，有点醉，也有点小兴奋。那一嘴的吴地方言，打趣也动听。老父老母闲坐打趣，大儿子则在溪流东边的豆田里除草，二儿子正在编织鸡笼，然而最可爱的是那个顽皮的小儿子，正趴在溪头的草丛中剥莲蓬呢！

    这是乡下的南宋，是苟安之下的太平南宋，是南宋的另一面——一个美丽温馨、悠然丰腴的南宋。

    这样的南宋，或许是脆弱的，或许是以北方的沦陷为代价的，但它本身没有错，它本身就象征着希望和美好——北方那片故土，也应该拥有这样的太平。

    这些村居词清新可爱，并不是辛弃疾被称为"豪放派"词人的那种"豪放"，就像辛弃疾的两面性一样，在北方他要上阵杀敌，在南方他也能发现隐居生活中的美。在南宋乡村最普通的农民身上，在夏夜的稻花香中，这位本应为猛将的诗人，偶遇一处月下茅店的诗意，便给我们留下一个并不那么豪放，却同样眼中有光、心有热爱的诗人形象。

明月别枝惊鹊，清风半夜鸣蝉。稻花香里说丰年，听取蛙声一片。

七八个星天外，两三点雨山

> **社林**：土地庙附近的树林，社指土地庙。古时村中有社树，是祀神之处，所处树林就叫社林。

"向往的生活"在哪儿

前。旧时茅店社林边,路转溪桥忽见。

(宋·辛弃疾《西江月·夜行黄沙道中》)

不知是在隐居生活的哪一年哪一天,这位前猛将、现农夫从大屋村的黄沙岭,一直走到黄沙村的茅店——这条约20公里的乡道,其实是一条官道。

时间是夏天,这是一次夜晚漫步。

漫步中,辛弃疾看到了一幅"明月惊鹊图":月亮升起到树梢,惊飞了枝头的喜鹊。

他听到了一曲"田园动物交响乐":夏蝉快乐地鸣叫,蛙声阵阵,此起彼伏。

他闻到了稻花香,吹到了清风,遇见了星星,被突然而至的雨点偷袭。

他做了戏剧性的事:赶紧寻找记忆中土地庙旁边的茅草小店,可是它在哪儿?匆匆地从小桥过了溪,转了个弯,啊!它果然就在眼前。

你以为这就是全部了吗?

他还带来了夏日气息,还展

诗人景点推荐专栏

来上饶看晒秋,看谁还不被美死?

江西上饶三清山

婺源篁岭晒秋

244

现了乡野生活情趣，还藏着遇到丰收年的喜悦……

其实，辛弃疾这次道上所见，之所以这么丰富，这么诗意，这么动人，正是因为他心中永远充满热爱。

如果他有机会，或许他会热爱当战士；如果朝廷清明，或许他能争取当名臣，报效国家。但这时是南宋，是那个偏安一方的南宋，他只能热爱南宋脆弱的美丽和平。

辛弃疾再没机会带领大军建功立业，也没机遇在官场实践自己的理想，却意外地以"写词圣手"的美名流芳百世。

但这位一腔赤诚、勇猛无双的"词人"，是否真的安心在带湖庄园隐居呢？未必。辛弃疾的带湖新居所处位置，其实大有讲究。当时南宋京城是临安（如今的浙江杭州），江西上饶靠近浙江，交通便利，这里风光绝美，但若有一日朝廷召唤，也可以快速到达京城。

其实从辛弃疾的诗词中，我们可以看得更加清楚。

千古江山，英雄无觅孙仲谋处。舞榭歌台，风流总被雨打风吹去。斜阳草树，寻常巷陌，人道寄奴曾住。想当年，金戈铁马，气吞万里如虎。

元嘉草草，封狼居胥，赢得仓皇北顾。四十三年，望中犹记，烽火扬州路。可

舞榭歌台：表演歌舞的台榭，代指孙权故宫。
寻常巷陌：窄狭的街道。
寄奴：南朝宋武帝刘裕小名。
元嘉草草：南朝宋文帝仓促北伐，结果遭到北魏太武帝拓跋焘重创。
封狼居胥：狼居胥山在今内蒙古自治区，霍去病远征匈奴，在此"封狼居胥山"，庆祝胜利，从此"封狼居胥"成为建立显赫战功的一个说法。

"向往的生活"在哪儿

堪回首，佛狸祠下，一片神鸦社鼓。

凭谁问：廉颇老矣，尚能饭否？

（宋·辛弃疾《永遇乐·京口北固亭怀古》）

> **佛(bì)狸祠：** 拓跋焘小名佛狸，他在长江北岸的行宫后来便叫佛狸祠。
> **社鼓：** 祭祀时的鼓声。

此番悲愤之情，岳飞能懂，陆游能懂，其实很多南宋人都懂，但他们都没有办法左右时局，只能叹息报国无门，壮志难酬。

这个时代没有孙仲谋（孙权）那样的英雄，当年的舞榭歌台还在，英雄人物却消失在时光流逝中了。

辛弃疾能怎么办呢？他从北方突围，跑到南方，已经43年了。当年那个勇猛少年，或许很难想象40多年后，自己的人生竟变成了这样。

隐居带湖庄园长达20年，从中年耗到了晚年，64岁的时候，辛弃疾的机会终于来了。朝廷北伐，主战派人士被起用，辛弃疾也入朝晋见宋宁宗，认为金国"必乱必亡"。

此次北伐最终被证明是一场悲剧，而辛弃疾也永远失去了机会：1207年，朝廷起用辛弃疾指挥军事，然而任命下达后，辛弃疾还没来得及就任，便在家中病逝了。

南宋，终究是一个词人的时代，而非一个名将功臣的时代。

而辛弃疾的一生，其实并不特别压抑（相比陆游等人），只是十分令人惋惜罢了。外能杀敌当将领，上能为官出政绩，下能耕作、作词、写诗文，这位南宋志士虽不能力挽狂澜，却还是成了千万人心中的榜样，是大家热血澎湃时的心灵偶像。

带湖友人群

辛弃疾
诸位路过上饶,记得来带湖庄园找我。

陆游
一定去!

范成大
一定去!

陈亮
@辛弃疾 想念上次鹅湖寺相会。(辛弃疾与陈亮曾同游鹅湖寺,相聚数日,作词唱和)

辛弃疾
"把酒长亭说。看渊明、风流酷似,卧龙诸葛。"(辛弃疾《贺新郎·把酒长亭说》赞颂陈亮犹如诸葛亮)

陈亮
@辛弃疾 喜欢这首:"醉里挑灯看剑,梦回吹角连营。八百里分麾下炙,五十弦翻塞外声,沙场秋点兵。马作的卢飞快,弓如霹雳弦惊。了却君王天下事,赢得生前身后名。可怜白发生!"绝世名

作！（辛弃疾《破阵子·为陈同甫赋壮词以寄之》，这首词是给陈亮的赠词，这一年陈亮参加科考，状元及第）

朱熹
神仙友情！

机器人萝卜头
这里有密谋么？

辛弃疾
……

大唐诗会 8

听说皇家旅行团也火了？

又是因为"千年诗会"？

是因为有个"冤大头"顾客……

皇家旅行团（10）

李世民
我们要火了！

李治
哦！

李亨
哦！

武则天
哦！

汉武帝加入

汉武帝
大家好！

皇家旅行团体验感不错！

夏日农村，人都去哪儿了

❤ **向往的生活**：苏州乡村+1

梅子金黄杏子肥，麦花雪白菜花稀。

日长篱落无人过，惟有蜻蜓蛱蝶飞。

（宋·范成大《四时田园杂兴·其二十五》）

南宋的一个初夏，江南地区。

梅子成熟了，杏子长得肥大，田园里果实累累。麦穗扬着白花，油菜花差不多全都掉落了，正在结籽。

然而有一个怪奇事件——

这样漫长的夏日，篱笆外久久无人过往，村民们都不见了踪影，只有蜻蜓在翻飞，蝴蝶在起舞。

农民们都到哪儿去了？发生了什么事？

你也许会惊奇地发出疑问，然后忍不住猜想：这是南宋，难道是因为发生了战争？

"向往的生活"在哪儿

错了，这里是江南，那时候江南可是富饶美丽、和平安宁的代表。

那到底是怎么了？要是你猜不出原因，那就说明一件事：你真是不熟悉田园生活。

如果你初夏的时候跑到乡下去，保准立刻就恍然大悟。田园里一派生机勃勃，各种作物都焕发着生命活力，农民们都在田里忙得不亦乐乎，这才是夏天该有的模样呀！这时候哪还会有人闲坐在家里？你要是往村道上走一走便会发现，压根就没人来往。

但是这种"无人景象"反而让人感到喜悦，感到大受鼓舞。

就像我们这首诗的诗人，他一定很开心，但是又不想直白地跟我们说：我们大宋的乡下丰收了，农民们都在忙碌呢！

这样说起来多没意思，多没诗意！这不是一个诗人的作风。

那诗人的作风应该是怎样的？

是将梅子、杏子、麦花、油菜花、篱笆路、翻飞的蜻蜓、起舞的蝴蝶统统组合在一起，是用这些诗意的元素，为我们绘出一卷夏日田园图，是把喜悦的情绪、对田园生活的热爱都藏在这些诗意事物里……

拥有这种本领，便能成为范成大一样的诗人。

那么问题来了，范成大究竟是谁？

让我们从头讲起。

公元1126年六月，一个范姓人家的孩子在苏州出生，当时那里叫吴县。

吴县在江南地区，富庶美丽，人民安居乐业。到了范家孩子半岁大的时候，忽然有个噩耗从北方传来：北宋的汴京被金人围城了，北宋皇室除了赵构之外，其他人几乎都被困在京城里，包括那个"画家皇帝"宋徽宗，以及他的儿子宋钦宗。

这次围城一直持续到了第二年四月，金人才撤走，走的时候带走了无数金银财宝，带走了许多工匠，还掳走了两位皇帝、后宫妃嫔、朝臣等3000多人。

北宋在这一年灭亡，南宋建立。

范家孩子刚出生没多久，朝代已经从北宋变成南宋。他在南宋平静地长大，从小就是个聪明孩子，喜欢读书，12岁遍读经史，14岁创作诗文，18岁到山中闭关，10年后出山，一举考中进士。当时与他同科考试的，还有杨万里和陆游，"南宋四大家"（也叫"南宋中兴四大家"，是南宋4位著名爱国诗人）竟来了3位，可谓"星光璀璨"。可惜放榜时，只见到范成大和杨万里，"愤青"陆游因为得罪秦桧，导致落榜（陆游曾在上一年的锁厅试中得第一，压过了秦桧的孙子，因而得罪了秦桧）。

15年后，范成大是南宋皇帝身边的朝臣。这一年，皇帝想派一位使者出使金国，讨回祖先陵墓所在的地方，还要改变交换国书的礼仪。皇室的祖陵在河南，当时在金人手中，怎么可能轻易讨回来？交换国书的礼仪，要改变又谈何容易？

这样的任务，遭到很多人反对。有些人是不想去，有些人是认为去了也没用，只是白白送命。

范成大挺身而出，接下了这个使命。卑躬屈膝只会让人得寸进尺，范成大要展示的是主战派的决心。

一路北行，生在江南、长在江南的范成大亲眼看到北方汉人的生活，拿起笔留下了"旅途诗歌笔记"，这就是他有名的纪行诗。

"向往的生活"在哪儿

州桥南北是天街,父老年年等驾回。
忍泪失声询使者,几时真有六军来?
（宋·范成大《州桥》）

> **州桥**：即天汉桥，在汴梁（今河南省开封市）宣德门和朱雀门之间，横跨汴河。

北宋旧都汴梁（现在的开封），宣德门和朱雀门之间，汴河之上有天汉桥，就是范成大笔下的州桥。州桥的南北便是当年北宋皇帝车驾通行的御道。如今汴梁的百姓，只能站在曾经的天街，泪眼迷蒙地询问，朝廷的军队几时能来？这一幕，真应了陆游诗中所想象（见P.062）。

原来不但南方的赤子北望中原，盼望王师出征，中原的百姓也在翘首期盼有人前来收复失地。这些沦陷地的平民百姓，究竟过着什么样的生活呢？

范成大用他的纪行诗告诉了我们：

女僮流汗逐毡軿，云在淮乡有父兄。
屠婢杀奴官不问，大书黥面罚犹轻。
（宋·范成大《清远店》）

> **僮**：未成年的仆人。
> **毡軿 (zhān píng)**：贵族妇女所乘的车，四周挂有毡毯以作帷幕。
> **黥 (qíng) 面**：在脸上刺字，是古代一种刑罚。

出使金国途中，范成大在一家名为清远的客店前，亲眼看见一个女僮汗流浃背，追赶着主人快速行驶的毡车。

一问便知，女僮是淮河边的汉女，家中有父亲兄弟。显然女孩是被金人抢掳，卖到北方来做奴婢的。

女孩两颊刺着"逃走"二字（作者自注云："定兴县中客邸前，

有婢两颊刺'逃走'两字，云是主家私自黥涅，虽杀之不禁。"），令人惊悚。原来，按金国法律，主人可以随意处死奴婢，女孩逃跑被抓回，只是脸上被刺字，已经算是从轻处罚了。

金人对北方汉人的统治，如此残暴，似乎完全不把汉人当人看。汉人见到使者，痛哭流涕，询问王师几时会来解救他们，也不知范成大要如何应答，毕竟南方的现状就如林升在杭州感受到的：

暖风熏得游人醉，直把杭州作汴州。

（宋·林升《题临安邸》）

诗人景点推荐专栏

据说去开封古都的清明上河园，可以穿越到宋代……

那得到北宋，可别穿错时间。

清明上河园 位于开封古都，以张择端的《清明上河图》为蓝本，按照《营造法式》建设，再现古都汴京千年繁华被南宋小朝廷遗忘的百姓,还在天天盼望"六军来",能不令人唏嘘么?范成大作诗的心情可想而知。

到达金国后,范成大悄悄拟好了奏章,藏在怀里。

这天他前往面见金国皇帝,先是呈上国书,慷慨陈词。

金人正认真听着,范成大忽然拿出奏章,大声说道:"两国交换国书的仪式还没有定下,我这里有奏章。"

金国皇帝大吃一惊,群臣纷纷击打范成大,要他放弃递奏章,但范成大跪着不动,一定要把国书送上。

金国朝廷议论纷纷,金国太子尤其生气,想要杀了他,幸好被人劝阻,范成大这才保全了性命。

这趟冒险的结果是,金国皇帝回书拒绝南宋的请求,但同意他们移走北宋皇帝梓宫(指皇帝棺材)。值得庆幸的是,金人把范成大放了。

范成大保住了性命,也保住了气节,得到了应有的尊重。这趟出使,范成大在途中写下的纪行诗,也成了自己的代表作。

回到南宋后,范成大展现出优秀的为官行政能力,对边境军事也有独到见解,杀伐决断,十分能干。

他热衷推荐人才,只要看到可用之才,都会招揽过来,不时向朝廷推荐。范成大眼光很不错,所推荐的人往往很出色,可谓慧眼识人。

这位南宋名臣既能出使外国,又能治理地方,善于提拔人才,关怀民生更是本分。宦海浮沉,范成大也曾辗转各地为官,多年之后竟修炼成了"地理学家""博物学家""水利工程师""农学家"……"田园诗人"不过是范成大身上一个小小的标签而已。

因为关怀百姓,他写的田园诗不是为了反映自己的心境,不是用隐逸闲居来标榜自己,而是真实地充满了农村生活的细节。事实上,他是将农事诗与田园诗结合起来,对传统题材做了改造,也成就了自己的第二类代表作。

> 昼出耘田夜绩麻,村庄儿女各当家。
> 童孙未解供耕织,也傍桑阴学种瓜。
> (宋·范成大《四时田园杂兴·其三十一》)

耘田:治田锄草。
绩麻:将麻搓成线。
童孙:小孩子。
供:从事,参加。

农人们日出时前往地里,辛勤地除草耕作;日落时回到家里,勤劳地搓麻绳干活,每个人都承担着自己的责任。就算那些还不会耕作和纺织的小孩儿,也在桑树下学着大人的样子种瓜呢。这是范成大眼里的农村生活日常,辛苦劳作之中些微的情趣,被他敏感地捕捉到。

平静村庄里的美好和生机,范成大会逐一记录下来,留在美妙的诗词里。但范成大不是脱离生活的幻想家,他知道农事的辛苦,他也看到了农民的艰难。

> 采菱辛苦废犁锄,血指流丹鬼质枯。
> 无力买田聊种水,近来湖面亦收租!
> (宋·范成大《四时田园杂兴·其三十五》)

流丹:流血。
鬼质枯:面貌枯瘦看起来半人半鬼的样子。

这首诗也在《四时田园杂兴》中。农民无田可种,只好种菱采菱,辛苦得十指流血,劳累得枯瘦似鬼。然而官府还不放过他们,连

"向往的生活"在哪儿

湖面都要收起租税来了!

南宋各地,既有和谐的乡村,也有悲苦的农家。范成大既不是为了抒发心境而隐逸闲歌,也并非粉饰太平要歌功颂德。他会发现美好,也会记录疾苦,这才成就了他另一个著名代表作——组诗《四时田园杂兴》。

这是一个大工程,分为春日、晚春、夏日、秋日、冬日,各有12首,合成一个60首的大型组诗。范成大将他所见到的农家生活都放在了里面,而千年之后,我们也能通过他的眼睛,略窥那个可以说是很美丽,也可以说是很脆弱,可以说是很悲哀,也可以说是很富丽的南宋的一面。

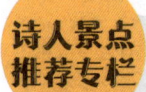

诗人景点推荐专栏

大家是不是只记得苏州园林,忘了苏州的水?

想看苏州的水,可以到苏州太湖……

太湖 古称震泽、具区,又名五湖、笠泽,是中国五大淡水湖之一。太湖岛屿众多,其中18个岛屿有人居住

大宋文人交流群

范成大
《四时田园杂兴》有60首，是不是太吓人？

辛弃疾
不会，写得好。

杨万里
范兄，我有两万多首……

辛弃疾
@杨万里 好多时间写诗。

杨万里
时间是省出来的。

范成大
@杨万里 杨兄真是勤奋的榜样。

杨万里
@范成大 @辛弃疾 咱们还能一起做很多事！

辛弃疾
我已在带湖庄园闲居好久,大家有空不如一起喝酒。

机器人萝卜头
要在带湖谋划什么?

范成大
村居生活很是不错。

范仲淹
农事有乐趣,也有辛苦。"江上往来人,但爱鲈鱼美。君看一叶舟,出没风波里。"(范仲淹《江上渔者》)

陆游
前辈,您咋来了?(范仲淹是北宋人,以"先天下之忧而忧,后天下之乐而乐"闻名,既是优秀的文学家,也是杰出的政治家)

范仲淹
来看你们怎么弄丢大宋河山。

辛弃疾
讲道理,可不是我们弄丢……

大江南北流行曲

唐人流行西域歌曲哦！你们呢？

我们流行宋词！

诗经：采诗官来了，孔子背锅了

相传2000多年前的周代，朝廷设了"采诗官"，每年一到春天，采诗官就摇着木铎，出发到民间去。

他们去干什么呢？

收集民间歌谣。

采诗官尤其偏好描绘民众喜怒悲欢的作品，收集之后整理一番，接着交给负责音乐的官员，让他们去谱曲。最后这些曲子会在天子跟前演奏，周代统治者可以通过聆听这些曲子，了解真实的民情，制定管理办法。

这些从民间采集来的歌谣，自然不会记录作者名字，它们被称作国风。周代有很多诸侯国，所以就有很多国风，比如秦风就是来自秦国，齐风就是来自齐国。

那时候贵族们也会写诗，如果打了一次胜仗，或者哪里举行了一次重要的宴会，又或许周天子去哪儿活动了等等，都有可能写成诗，谱上曲子传唱。

据说当时流传下来的诗有3000多首，但后来只剩下300首多一点，这就是我们现在看到的《诗经》。所以，你要是听到"诗三百"这个说法，就知道是在说《诗经》了。

那么，是谁把3000多首诗变成了300多首呢？这个"锅"一直都是孔子在背，传说孔子编《诗经》，只留下十分之一，其他都被他删掉了。这个说法流传了很久，后来大家才开始怀疑起来，提出另外一个说法，那就是孔子没有删诗，反而对《诗经》的保存、完善和传播作出了巨大贡献。

不管真相如何，现在我们看到的《诗经》总共有305篇，分为《风》《雅》《颂》3个部分。《风》是各地方的民间歌谣，《雅》是当时人们奉为正统、高雅的声乐，《颂》是王室和贵族宗庙祭祀的乐歌。

《风》是民间歌谣，自然很是鲜活生动，但你别以为《雅》就会正儿八经，特别枯燥。"昔我往矣，杨柳依依。今我来思，雨雪霏霏。"这样动人的诗句，就在《雅》里面。

> 昔我往矣，杨柳依依。
> 今我来思，雨雪霏霏。
> 行道迟迟，载渴载饥。
> 我心伤悲，莫知我哀！
> （周代《诗经·采薇》节选）

思：用在句末，没有实在意义。
载(zài)：又。
雨(yù)雪：下雪。"雨"在这里作动词。
迟迟：迟缓的样子。

大江南北流行曲

当初我前往远方的时候，身旁的杨柳随风摇摆，仿佛依依不舍；如今我终于归来，却只见到大雪漫天飞舞。

缓慢地走在回家的路上，又是干渴又是饥饿。

我的内心充满伤悲，却无人知道我的哀伤。

周王朝和一个叫狁狁（xiǎn yǔn）的北方游牧民族经常发生冲突。士兵们离家千里，与草原上凶猛的敌人作战。战场固然艰苦而危险，但更加折磨人心的，恐怕是遥望家园时的感伤。

一日复一日，一年复一年，顽强地在战场上活下来的老兵，终于可以回家了！

诗人景点推荐专栏

边塞风光既有苍凉萧索，也有大气磅礴，来感受下。

据说后世有道长城，可用来抵挡敌人？

变成旅游胜地了……

中国长城

然而近乡情更怯,他走在返乡的路上,内心却充满了悲凉。离开时是春日的杨柳依依,如今回家却是冬日的雨雪霏霏……

仿佛两幅对比鲜明的画,一幅是出发时迷离的景象,一幅是归来时漫天的风雪情景。远征归来的老兵的心理,就在这两幅画的对比下表现得淋漓尽致。其中深刻地打动人心的,不仅是对家园的思念,也是对征战之苦的倾诉。

"昔我往矣,杨柳依依。今我来思,雨雪霏霏"成了整个《诗经》的名句,打动了几千年来的人心。

这些美丽的句子里,蕴藏的却是士兵深沉的哀痛。他仿佛变成了跟我们倾诉的邻人,告诉我们,他内心的伤悲无人知道。

但《诗经》知道了,2000多年后的我们也就知道了。《诗经》就像古人的一部录音机,古人用诗歌记录下了那个时代的方方面面,战争、劳动、风俗、宴会等等。有了它,我们可以知道2000多年前的人们看见了什么,平时吃什么,如何劳作,遇到什么困难,怎样获得爱人的心……

我们还能了解他们的喜怒哀乐,甚至能想象出一个普通士兵回乡时复杂的眼神,而这就是经典流传的动人魅力。

> 汉乐府：
> 古人也有流行歌曲

古人的励志诗

2000多年前的汉代，汉武帝曾设立过一个机构，叫乐府。

乐府要负责一件大事：采诗夜诵。

采诗官出动，到民间去采集各地民谣，收入乐府；当世著名的文人，比如司马相如，也被请来作诗，谱成歌曲。

正月祭天的时候，这些配好音乐的诗便要演奏上一整夜，这就是"夜诵"了。

乐府这么大的动静，就是为了每年这一天吗？

当然不是。乐府其实在秦朝就有了，是一个专门管理乐舞演唱教习的机构。到了汉武帝时期，祭天时也演唱乐府诗，倒是给乐府诗的地位提升了一大截。乐府成了一个庞大的音乐机构，甚至达到800多人，这些人保障了宫廷宴饮时的"气氛"——载歌载舞，欢乐或是典雅。

汉武帝是一个很有意思的人物,他既喜欢排场,又能听得进民间歌谣。

试想某一天,乐人们弹唱,诵唱一首感叹时光的诗:

> 青青园中葵,朝露待日晞。
> 阳春布德泽,万物生光辉。
> 常恐秋节至,焜黄华叶衰。
> 百川东到海,何时复西归?
> 少壮不努力,老大徒伤悲。
> （汉乐府《长歌行》）

晞：干燥,晒干。
布：布施,给予。
焜黄：草木枯黄的样子。
华：同"花"。

这是什么意思呢?用我们的话来讲大概是这样的:

园子里的葵菜多么青翠,晶莹的晨露沐浴着光芒,熠熠生辉。可是一会儿,这些露水便会被阳光晒干。

光明的春天啊,它慷慨地赐予大地温暖和光芒,让万物灿烂。我们的内心,常常害怕那萧瑟的秋天到来,让草木花叶一齐凋残。

江河滚滚奔向东方大海,什么时候能倒流向西方?

时光一去不复返,青春年少的时候不努力进取,年老的时候只能徒然悲伤。

原来是劝大家要珍惜时光,为了达到这个目的,还用上了各种吓唬的手段:瞧,晨露多么美丽,但是很快就会被晒干;春天多么灿

265

烂，但秋天就等在前头；大河东流，时光一去不复返就跟它一样。最绝的是末尾一句：少壮不努力，老大徒伤悲——"如果你现在不努力，老了就只能摸着白头发哭了。"

听到这里，谁还敢不警惕？

端坐在皇位上的汉武帝要是听了这样的乐府歌曲，不知道会作何感想？他16岁（虚岁）登基，开疆拓土，驱逐匈奴，打通丝绸之路，实现了西汉帝国的鼎盛；他喜欢新的改变，比如让乐府诗用于祭祀，比如创立了年号纪年……

他会不会也感慨时光流去得太快，会不会渴望更加有所作为？

这些我们不得而知。

我们知道的是，既然汉乐府出现了这样的诗，那就是当时人们的心声。他们相互激励：一定要趁好时光建功立业啊，不然老了就只剩下伤感了。

聪明的君主可以从歌谣里听出大汉子民的心声，了解各地的民风民俗。几千年后，我们也可以从中听出这个时代的雄心。

少壮不努力，老大徒伤悲。

汉武帝有汉武帝的开疆拓土，汉子民有汉子民的奋发进取。

人人都爱江南

除了充满"正能量"的励志诗，汉朝人也喜欢单纯美好的事物。比如某一天，宫廷里响起的是这样的乐府诗：

江南可采莲，莲叶何田田。

鱼戏莲叶间。

鱼戏莲叶东，鱼戏莲叶西，鱼戏莲叶南，鱼戏莲叶北。

（汉乐府《江南》）

田田：茂盛而碧绿的样子。

欢快的调子，美丽的画面。

原来从2000多年前起，人们就对江南充满了最美的幻想。

江南，到底是一片怎样的神仙地儿？你还别说，江南真跟"神仙地儿"沾点边。江南最重要的城市，大约便是被称为"人间天堂"的杭州。

江南的范围，大致指长江下游的南边，除了杭州、苏州，还有扬州、上海等等。这儿是出才子佳人的好地方，富饶又美丽。几千年来，无数的诗歌都在写它，江南就是文人们心中永远的"美人"。

在一个愉快的日子，乐府为皇帝和大臣们演奏起了一曲《江南》。猜猜那会是什么样的画面？

美丽的江南那里啊，有一群采莲的少女，正在快乐地干活。

江南少女很美，莲叶很茂密，正迎风招展，映着这些青春的脸庞，真是人比花娇，动人心魄。

长满荷花的水里，有鱼儿从东边，从西边，从南边，从北边，四面八方地游来游去，它们一碰到少女们的脚，马上引起一阵阵清脆的欢笑。

这样的采莲女，难道不是仙女一样么？这样的江南，难道不是天

大江南北流行曲

堂一样么？九州大地上，竟有一处这样的神仙地儿，那是上天送给大家的梦幻之地吧？

难怪几千年来，江南一直吸引着文人墨客；难怪很多年后，清朝的乾隆皇帝要不止一次地下江南。江南确实是个好地方嘛！

> 迷恋江南的皇帝是好皇帝吗……

汉武帝的美人与名将

汉武帝指派的第一个乐府"协律都尉"，是著名的音乐家李延年。一次，李延年为汉武帝献歌：

> 北方有佳人，绝世而独立。
> 一顾倾人城，再顾倾人国。
> 宁不知倾城与倾国？佳人难再得。
> （汉·李延年《李延年歌》）

汉武帝听了这曲子，不禁十分神往，便问这位歌唱家："天下真有这样的美人么？"

有，而且就是李延年的妹妹。

汉武帝召见李家妹妹，果然倾国倾城。这位美人，便是汉武帝宠妃——李夫人。因为这个故事，从此我们遇到美人，老是用"倾国倾城"和"绝世美人"来形容，指的就是李夫人那样的美貌。

李家兄妹都是能歌善舞的人，而最终改变他们命运的，便是歌舞。他们因为才色过人，得到了汉武帝的宠爱，然而好运转瞬即逝：李夫人早逝，李家后来被灭族。

李夫人应该是个聪明人。据说她病重的时候，汉武帝前来看她，希望见她一面。但李夫人就是不见，甚至转过了身背对他。汉武帝不高兴地走了，但此后一直怀念这位美人，李夫人的哥哥李延年被任命为协律都尉，另一位哥哥李广利被任命为贰师将军。

> 喜欢音乐的皇帝是我的好朋友……

设想一下，如果李夫人临终时让武帝看到她病容憔悴的样子，失去了对绝世美貌的回忆，汉武帝是否还会如此照顾她的兄弟？这真是难说的事。

只可惜，李夫人的一番心血，终是付之东流。她的兄弟李延年行为不检，哥哥李广利投降匈奴，李家两次被灭族。

与他们同时代，还有一对姐弟也得到了汉武帝的重视，比起李家兄妹，这对姐弟可有名多了，他们便是卫子夫和卫青——卫子夫是汉武帝的皇后，卫青是西汉一代名将。这对姐弟还有一个妹妹，名为卫少儿，卫少儿没有青史留名，但她有个几乎所有人都听说过的儿子——霍去病。

大江南北流行曲

诗人景点推荐专栏

给大家推荐一个沧桑的地方……

玉门关大方盘城
汉代"昌安仓"遗址，位于小方盘城（可能便是古代的玉门关）北约10公里处

　　霍去病或许没有听过那首催人珍惜时光的乐府诗，但他比谁都懂得少年要努力进取——17岁初次征战成名，23岁去世，短短6年间，大破匈奴，封狼居胥，震撼千古。

　　一生即使短暂到如同霍去病，依然有人能用几年的时间建立不世之功。

　　汉人用真实的故事，用他们日常诵唱的诗歌，给了我们最好的启示。知道了那个时代的故事，便也知道了功业是如何建立，历史又是如何演变的。

"匿名诗"和早逝太子

　　中国神话传说中，织女是天帝的女儿，居住在河东，是负责编织云雾的神女。而在天河的西边，有一位青年男子，人称牛郎。两人隔河相望，爱上了彼此，于是结成了夫妻。但是好景不长，天庭不许他们在一起恩爱相守，荒废了织云雾的"工作"，硬是把两人拆散，只允许这对夫妻在每年的农历七月初七这天相会。这一天，鹊儿们会在银河上面搭起鹊桥，让牛郎织女可以"鹊桥相会"，七月初七这一天便成了中国的情人节，叫作七夕节。

　　七夕节的传说，不断地流传下来，后来又出现了很多不同的说法。比如，牛郎是个贫穷正直的青年，织女下凡后跟他相爱，但遭到天庭的反对……这个故事版本流传特别广，被很多人写进了诗歌里。

　　那些喜欢幻想的诗人相信的是哪个传说版本呢？他们对牛郎织女又有什么看法？

　　宋朝有个叫秦观的人，很是不同凡响，他说的是"金风玉露一相逢，便胜却人间无数"，牛郎织女每年见一面，这一面便胜过无数人的朝夕相依了。

但在很久以前，汉代有一位"无名诗人"就不是这么想了。他觉得每年除了七夕，织女只能跟牛郎遥遥相望，连说句话都做不到，实在是悲剧。

我们的无名诗人忍不住想象这样的画面：可怜的织女抬起纤纤素手，一边干着活儿，一边思念爱人，每天以泪洗面，结果一天下来都织不出一匹布来。

迢迢牵牛星，皎皎河汉女。

纤纤擢素手，札札弄机杼。

终日不成章，泣涕零如雨。

河汉清且浅，相去复几许。

盈盈一水间，脉脉不得语。

（汉·佚名《古诗十九首·迢迢牵牛星》）

> **迢迢**：遥远的样子。
> **河汉女**：指织女星，河汉即银河。
> **擢（zhuó）**：引，抽，伸出。
> **杼（zhù）**：织布机上的梭子。
> **章**：布帛上的经纬纹理，这里指整幅布帛。
> **间（jiàn）**：间隔。

那遥远的牵牛星呀，悬挂在银河的西边。那皎洁的织女星呀，闪耀在银河的东边。

织女素手纤纤，舞动在织机上。札札的织布声，萦绕在天河边。

可是一天过去了呀，却一匹布都没织成。可怜的织女啊，正在思念着她的牛郎，眼泪不停地流淌，哪有心思织布呀。

银河的水清又浅，两人相隔没多远。

可这一道清澈的水啊，却能把他们阻挡。爱人隔河相望，含情脉脉,却一句话都说不上。

这跟那些独处家中,思念丈夫的妇女不是一模一样么!

神女的感情,跟百姓们一样,有情爱,也有悲伤。这些悲欢爱恨,是我们谁都难以斩断的情感,也是最打动人心的。诗人借用了织女这个神话人物,表达的却是对万千思妇的同情。那个时代,战士远征,游子在外,亲人离别,妻儿远隔,他们之间不是隔着银河,而是隔着山河万里,隔着数年甚至一去几十年的漫长时光。

这位充满同情心的诗人,为何不肯把名字告诉我们,而要匿名呢?这就要从很久以前说起了。2000多年前的孔子时代,我们就有了《诗经》;到了汉武帝的时代,又有了汉乐府诗。当时这些诗是拿来配上音乐诵唱的,就像现在的歌词一样。

现在无论我们是作了首诗,还是写了歌词,一般都会记得署上自己的大名。但是古人没有这样的"版权意识",原创作者随口而唱,接着大家口口相传,等到采诗官出现,要是听到哪些民间"歌词"不错,就带回去整理整理,变成文字流传下来。这时候,要知道"歌词"是谁写的,可真是太难了。

一直到了汉朝末年,这种情况还没有改变。不过,有一些变化悄悄发生了:文人也开始写起诗来。最初,文人们也还是奉行"匿名"原则,没把自己的名字留下来。当时大家觉得写诗只不过是雕虫小技,对"署名"这种事,或许一点都不在意。有时他们甚至连诗的名字都没有起呢!

不过,很快情况就发生了变化,大家察觉到诗歌是重要的,这时候哪首诗是谁写的,基本上就都记得明明白白了。大家还懂得给诗歌做集子了,李白有《李太白集》,杜甫有《杜工部集》。

那以前的"匿名诗"怎么办?

别急,也有人来给它们编集子。只要是值得流传的东西,我们的先人总是很重视。南朝有个文学家叫萧统,他不仅精通文学,还是一位充满仁爱之心的太子,后世的人称他为"昭明太子"。

昭明太子30岁时英年早逝,但他短暂的一生做过一件很有意义的事:把古代的诗文汇集起来,主持编选了《昭明文选》。

《昭明文选》收集了100多位作者共700余篇文学作品,其中包括19首古代五言诗,这19首诗全都是"佚名诗"。这些诗虽然是昭

诗人景点推荐专栏

有没有人能推荐个南朝景点……

去栖霞寺看看吧!

栖霞寺 南京栖霞山栖霞寺,始建于南朝。

明太子选的，但既不写帝王功业，也不写良臣美德。那它们写什么呢？写的是我们每个人都会有的情感：爱人离别了，忍不住满怀思念；人生失意了，内心充满了悲伤；人生无常，不如及时行乐吧。

这不是帝王贵族的生活，而是那时候无数普通人的生活和情感。这才是这些诗特别打动人的原因。

这19首诗，就是著名的《古诗十九首》，其中有一首是织女思念爱人的杰作，开头便是"迢迢牵牛星"。因为它既没有留下作者的名字，也没有留下诗的名字，所以就用第一句来当诗名了。

编选这些诗的昭明太子，是历史上非常仁德的一位太子，他一生虽然短暂，却给我们留下了一些真正的宝贝，比如《古诗十九首》。

千年诗会 拾壹

言归正传，"千年诗会"巡游站该定下来了。

诗歌宝地四川。

诗人最多浙江。

风水宝地江苏。

后来居上广东。

看你们这么为难，我有个好主意……

战争中诞生的歌

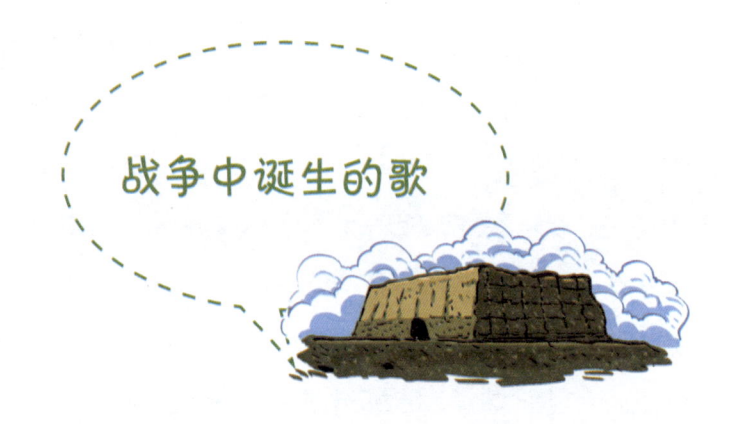

大约1600年前,中国进入一个叫"南北朝"的时代。你可能非常熟悉汉朝、唐朝、宋朝等朝代,说得出它们都是谁建立的,哪一家人在当皇帝,但南北朝呢,是谁建立了它,又是谁在叱咤风云?

其实,建立南北朝政权的人,可多了。

首先,南北朝不像汉朝或唐朝,它既有北朝,也有南朝。也就是说,它不是一个大一统的时代,而是一个大分裂的时代。

这个大分裂的时代持续了170年左右,那些建立南朝、北朝政权的人换了一拨又一拨,不但北朝的人要跟南朝的人打仗,而且南朝的人自己要打仗更换朝代、北朝的人要打仗吞并对方……

在这个混乱的时代里,不知道多少阴谋和战争发生过。

其中的一场战争,是让人害怕的残酷战争。北朝曾经分为东魏和西魏,东魏的权臣叫高欢,一心想吞并西魏,于是带领十万大军进攻西魏,结果遭遇惨败。为了鼓舞士气,高欢宴请全体将士,还让一位大将歌舞助兴。这位大将名叫斛律金。

斛律金拔出长剑，一边起舞，一边歌唱，从他口里流出的，是一首雄壮又悲怆的民歌。

敕勒川，阴山下，天似穹庐，笼盖四野。
天苍苍，野茫茫，风吹草低见牛羊。
（南北朝·佚名《敕勒歌》）

> 敕勒川：敕勒民族居住处，在今山西、内蒙古一带。

这首歌是佚名歌，无人知晓它原先的作者是谁，又或许作者不止一个，而是集体创作的结果，是一个群体的声音。

歌词仅有27个字，却告诉我们许多信息——

家园在哪儿：在敕勒川，接近阴山。

家乡是什么模样：天空好像圆顶帐篷，扣在了茫茫的原野之上。

家乡的生活怎么过：人们悠闲地放牛，宁静地牧马。

这首歌仿佛带着魔力，一下就击中了我们灵魂的最深处。这样美好和平的家乡，却是千万人回不去的地方，因为他们已经为战争付出了生命；这样和平的生活，已经成了无数人难以实现的愿望，眼前只有惨烈战争的伤痕。

听到这样的歌，在场的哪个将士忍得住泪水呢？就连发动战争的野心家高欢，都心酸落泪了。

敕勒川是敕勒人的家乡，位于现在内蒙古到山西那个地方，黄河在这里拐了个马蹄形的大弯。这里是内蒙古的心脏，美好而肥沃。敕勒人拥有这片草原的时间并不长,但他们对这里的感情,因为这首民歌,永远地被我们熟知了。

据说唱《敕勒歌》的斛律金是敕勒人,他唱这首歌却用了鲜卑语,这首歌后来又被翻译成了汉语,传唱久远。原来,对于和平家园的向往,无论哪个地方、哪个民族的人,都会发自内心地大受触动。

惨烈的战争,却传出了美丽的歌曲,残酷与美丽就是这样相伴相生,交织出波澜壮阔的历史。这属于无数人的历史,与可能属于集体的佚名之作,奇妙地相得益彰。

诗人景点推荐专栏

大草原风光就是好,还可以骑马。

大草原是我们曾经的战场,竟然都变成旅行地了!

内蒙古草原上的牛羊

语文书上遇见你,冷门诗人

冷门诗人大团结

贾岛
欢迎大家入群。

孟郊
欢迎大家入群。

李峤
我竟然是冷门诗人？这是什么世道！

李绅
显然不是我们大唐时代了。

王冕
@李峤@李绅 两位除了官做得高点，还剩什么？

李绅
王兄是画荷花出名吧？小时候没读过"锄禾日当午"？那便是我写的诗。（李绅《悯农》："锄禾日当午，汗滴禾下土。谁知盘中餐，粒粒皆辛苦。"）

王冕
@李绅 但你还是冷门，在唐代根本排不上名。

李峤
我可是当时的文坛领袖！

于谦
历史是公正的，有些默默无闻的人后来出名了，有些炙手可热的人慢慢消失了。很不幸，你是第二类@李峤。

李峤
那你们呢？不可能是第一类吧？也就是说，你们一直都冷……

孟郊
我们在辉煌的大唐是冷门，放到别的朝代可是宗师。

李峤
那我……

于谦
你是被淘汰的那一类。

李峤
@于谦 你为何总是怼我？我俩有仇？

于谦
没仇，你人品不好。

李绅
大家不要吵,请看看群名,我们要团结,才有出路。

于谦
@李绅 你人品也不好。

李绅
@于谦 不要太嫉恶如仇了,会粉身碎骨。

于谦
"粉骨碎身全不怕,要留清白在人间。"(于谦《石灰吟》)

贾岛
话说,大家安静一下好吗?今天我们聚集在这里,是要讨论一个问题:冷门诗人是如何炼成的……

张若虚
弱弱问一句,我可以退群吗?

贾岛
@张若虚 张兄的《春江花月夜》孤篇盖全唐,但你的名字依然冷门……

张若虚
好吧!那我就安心地待着了。人不出名诚然可惜,但作品出名更重要。

孟郊
大家不要妄自菲薄,冷门并不代表不优秀,相反,冷门诗人也有自己的光彩。

查慎行
至少我偷偷出现在了语文书一角……

(贾岛邀请叶绍翁入群)
(孟郊邀请曾几入群)
(翁卷加入群聊)
(高鼎加入群聊)
(雷震加入群聊)

李峤
怎么人越来越多了?

李绅
因为写诗越来越冷门……

贾岛
好消息是,唐诗越来越热门。

"冷门诗人"是如何炼成的

有一种东西,能把秋天树上的叶子吹落,能让早春二月的花儿开放。它一经过,江上就能卷起千尺巨浪,就是我们常说的"巨浪滔天"。它一进入竹林,千万株竹子就都一齐倾斜,折服于它的威力。

> 解落三秋叶,能开二月花。
>
> 过江千尺浪,入竹万竿斜。
>
> (唐·李峤《风》)

这个东西是什么呀?

假如这是一个谜语,你能解得开吗?

你也许会说,这可太容易猜了,第一句就泄露了秘密。能把叶子吹落,那自然是风,这还用猜吗?

为了验证一下答案,你可以继续往下读,看是不是对得上。

能催春天的花儿开放？这好像没有科学依据……不过，诗人这么写也没错，因为风吹过的时候，花儿确实开了，说是风催开了花，也算活泼动人。

继续往下看，过江千尺浪，难道是猛龙？你也许脑子里立刻掠过一个词：过江龙。别急别急，除了威力巨大的龙，风也可以的。只要风力足够大，不但能掀起千尺巨浪，还能变成台风。

最后一句，进入竹林会使千万株竹子倾倒的，还用说吗？是风无疑了！

4句全读完，答案也就确定了。因为每一句都符合的，也就只有风了呀！风这种自然现象，在诗中被咏唱过千遍万遍。花呀，叶呀，竹子呀，也全都是最有诗情画意的东西，这些东西再跟风一联系，就更有画面感了。风除了让花开放、让竹子倾倒这种魅力，还有掀起滔天巨浪这种威力。

可以温柔，可以狂暴，可以让秋天落叶变得萧瑟，可以引起竹林萧萧，带来凉意。这样的风，诗人李峤用4句诗描绘了出来，通俗生动，也表达了对自然的敬畏。

这位李峤，如今我们对他很陌生，看到这名字只有一个想法：又是哪儿冒出来的诗人？如果再知道他生在唐朝，就要马上点头：是冷门诗人无疑了！

确实，千载之后，李峤这个名字已经被淹没在历史的尘埃中，他所写的诗也都被许多耀眼诗人夺目的诗篇遮盖，但回到1000多年前的唐朝，回到武则天的时代，回到唐中宗时期，那时的李峤并不冷门，相反是个热门诗人——他是那个时期的文坛领袖。

语文书上遇见你，冷门诗人

这位当时的热门诗人，写的是什么诗呢？是这样的：

月宇临丹地，云窗网碧纱。
御筵陈桂醑，天酒酌榴花。
水向浮桥直，城连禁苑斜。
承恩恣欢赏，归路满烟霞。
（唐·李峤《甘露殿侍宴应制》）

醑（xǔ）：美酒。
天酒：露水，用来指仙酒。
酌：饮酒。
禁苑：帝王的园林。

文辞挺美，但只是一首应制诗。应制诗本就是为了歌功颂德，很少能出艺术精品，唐朝那么多著名诗人都写过，基本是他们诗歌的垫底之作，就连王维也只能写到这个程度：

渭水自萦秦塞曲，黄山旧绕汉宫斜。
銮舆迥出千门柳，阁道回看上苑花。
云里帝城双凤阙，雨中春树万人家。
为乘阳气行时令，不是宸游玩物华。
（唐·王维《奉和圣制从蓬莱向兴庆阁道中留春雨中春望之作应制》）

秦塞：长安城郊，古为秦地。
黄山：黄麓山。
銮舆（luán yú）：皇帝的乘舆。
迥出：远出。
上苑：指皇家的园林。
阙：宫门前的望楼。
阳气：指春气。
宸游：指皇帝出游。
物华：美好的景物。

王维这首诗后来被选入了《唐诗三百首》，被评为"应制诗第一"。而李峤再热门，离王维的才气，那还是有不少差距的。因而他的应制诗水平自然也不如，尤其许多年后看来，我们只觉得无聊，没有生气。

但回到那个时代,因为在格律上的创新和完美,李峤的应制诗大受好评,直到明代,诗评家胡应麟依然认为这是一首"初唐五律最佳"之作。

李峤的确是有才的。他的咏物诗被称为"大手笔",曾作《杂咏诗》120首,分为乾象、坤仪、居处、文物、武器、音乐、玉帛、服玩、芳草、嘉树、灵禽、祥兽12大类,都是单题诗,一诗咏一物,而且句句用典,简直是眼花缭乱的"精品"。你还别说,《杂咏诗》在唐玄宗时期就传入了日本,成了平安时代的日本贵族、士族的幼学启蒙读物,在日本家传户诵,影响极大。(当然对日本影响最大的还是我们的大诗人白居易。)

李峤与苏味道合称"苏李",这两人又与杜审言(杜甫的祖父)、崔融合称"文章四友",这些人都曾经声名大噪,但大浪淘沙之后,如今都差不多是"冷门诗人"。

那便是后人的选择。唐朝时候的李峤,或许并不知道他以后会被遗忘,那些精心琢磨、用典考究的诗,全都让人腻烦,只有一些清新的小诗,还能偶尔拾掇起来看看,获得一点趣味。

李峤曾跨越五朝,三度拜相,趋炎附势,他又是否能知道后世对他的评价也就充满了鄙夷?

山川满月泪沾衣,富贵荣华能几时。

不见只今汾水上,唯有年年秋雁飞。

(唐·李峤《汾阴行》节选)

语文书上遇见你，冷门诗人

　　李峤去世多年之后，唐玄宗李隆基曾让梨园子弟唱曲，他们便唱了一首李峤的旧作《汾阴行》。据说唐玄宗百感交集，潸然泪下，同时赞叹"李峤真才子也"。

　　李峤曾依附韦皇后，而李隆基发动"唐隆政变"，诛杀了韦皇后，拥立父亲李旦为皇帝。这么说来，李峤是韦皇后的党羽，李隆基没有杀他，已算是开恩了。

　　晚年的唐玄宗也遭遇离乱，一生功过浮沉，细想难免要潸然泪下，这就是"山川满目泪沾衣，富贵荣华能几时"。只是唐玄宗"泪沾衣"的时候，李峤早已作古——因为韦后之乱时"身为宰相，不能匡正"的罪责，晚年的李峤遭到贬谪，70岁时病逝。

　　李峤在那个时代作出了选择，而一代代的人们，也用时间作出了选择。这就是这位唐朝宰相、一代文坛领袖如今却是一个"冷门诗人"的原因。

千年诗会 拾贰

李白提议，"千年诗会"巡游路线就走李白路线，大家有何想法？

离谱。

不要脸。

> 我来劝你珍惜粮食

春天到了，农民们种下谷物种子，到了秋天就收获许多粮食。四海之内没有一块农田荒废，可还是有农夫因为穷困饿死。

春种一粒粟，秋收万颗子。

四海无闲田，农夫犹饿死。

（唐·李绅《悯农·其一》）

你可能会问，这到底是个什么年代，竟然发生这样的事？！

这个年代属于唐朝，但这是"安史之乱"后的唐朝，那个国力强盛、文采风流的盛唐已经过去了。

"安史之乱"时期，有"诗圣"杜甫一直在记录人民的水深火热，用诗写"历史"。这位伟大的诗人在公元770年去世了，两年后的772年，一个叫李绅的孩子出世了。

李绅当然无法与"诗圣"相提并论，人品也相差许多。放到诗歌界，杜甫是绕不过去的大人物，而李绅充其量就是个"冷门诗人"。但若放到官场，这位李绅的仕途，可比一辈子坎坷的杜甫好多了，他后来还成了宰相。

其实李绅是个苦孩子，幼年时父亲就去世，母亲亲自教导他阅读经典，明晓大义。也许正因为受到的是母亲的教导，青年的李绅有一颗怜悯体贴的心。

有一次他在外面看到农民中午大汗淋漓在锄禾，大受触动，忍不住写了"锄禾诗"记录他们的辛苦。而正是这首诗，让"冷门诗人"李绅永远被人记住，因为这首诗几乎每个儿童都会背诵。

> 锄禾日当午，汗滴禾下土。
> 谁知盘中餐，粒粒皆辛苦。
> （唐·李绅《悯农·其二》）

中午的时候日头很大，农民们挥舞着锄头，正在田地里干活。汗水从他们脸上、脖子上、背上、手臂上不断流出，一滴滴落到土里。

看到这么心酸一幕的人，正是唐朝青年李绅。农民们的辛苦深深震撼了他，他开始意识到，自己吃的每一顿饭，吞下的每一粒米背后，都是农民们辛勤劳作的汗水。

如果你看到这样的场景，也许会提一些建议，比如怎么改进农民们的处境；也有人会梦想着用技术改变世界，让全世界的农民都不再辛苦……可李绅生活的年代，是1000多年前的唐朝，那时候他不可能想象到人们能用机械耕作,农民们可以不再那么辛苦。但他受到了触动,无论如何,总得干点什么。

他干了两件事。

第一件事是写了诗,就是我们看到的两首悯农诗。"悯"便是同情,李绅已经说得很明白,他同情农民,要为农民们讲话,因为他们实在太辛苦了。

古代的中国是个农耕社会,也就是说,大部分人是靠当农民生活的。农民们辛苦耕作,如此勤劳,每年产出那么多的粮食,自己却还要饿死,这种不公让李绅十分愤慨,这就是他连写两首悯农诗的原因。这两首诗充满了对农民的同情,虽然朴实无华,却有巨大的感染力。

写了诗后,李绅曾把它们带去给一位叫吕温的人看。吕温才德兼备,爱惜人才。他看到李绅的诗后,十分惊讶,便积极向大家推荐这个年轻人。李绅获得了"悯农诗人"的美名,写的诗也得到了很多人的赞赏。

据说吕温当时还说过一句有意思的话,这句话是:"看李绅的悯农诗,我猜他以后会当宰相。"

因为一个同情百姓的人,一定会想方设法去做事,这样的人,就是宰相的资质呀!吕温目光厉害,写悯农诗的李绅,后来真的当了宰相。这就是李绅做的第二件事。

青年李绅虽然身材矮小,却是个有才华、有赤子之心的青年。他是白居易的朋友,参与白居易提倡的新乐府运动,而新乐府诗的特点,就是要关注现实中的人和事。李绅做到了,成了一位虽冷门却也

有亮点的诗人。但在官场上,他却逐渐沉沦,卷入党争,生活变得豪奢无比,青年李绅的初心被忘了个干干净净。

作诗上,李绅不是杜甫,也不是白居易,而在官场上,他获得的"成功"反而是最大的失败,一位失去初心的诗人,最终成了一个声名狼藉的人,也是一件可叹之事了。

默默无闻的我，当上了裁判

宋朝有个叫卢钺的诗人，本来是个默默无闻的人，但是有一天，他却被"赶鸭子上架"，当了一场"争春比赛"的裁判。

选手只有两位，一位是白梅花姑娘，一位是白雪姑娘。

梅花姑娘一出场，许多美好的画面扑面而来。

她的自我介绍大概是这样的：我荣登三大光荣榜，分别是四大君子榜、岁寒三友榜、十大名花榜，我在三榜中名次都不低，还拿了两个榜的榜首。

好不神气！你可曾见过这样傲娇的梅姑娘？

卢钺肯定没有见过。

他忍不住说道："这位梅姑娘，你一两百年前可不是这样的。那时宰相王安石给你写诗，写的是'凌寒独自开'，是'遥知不是雪，为有暗香来'，怎么隔了不到两百年，竟然不谦虚、不客气起来了呢？"

"就是要争春！当仁不让！"傲娇的梅姑娘大声说道。

"好，春光确实值得争，那就看看是谁来争吧。"卢钺让步了。

只见上场挑战这位"两榜冠军"的，是一位冰美人——白雪姑娘。

这位的介绍是这样的：我是东晋才女谢道韫的成名作，她之所以被称作"咏絮之才"，都是因为我；我是山中高士的代表，品性高洁，许多隐士都喜欢我；我来到人间又可以风姿百变，当柳絮，做飞花，给梨花当替身，全都不是问题。

好像实力也不小哦！

"可是，难道你俩都没有意识到一个问题吗？"卢钺赶紧和稀泥，"其实你们都是冬天的标配，是寒冬的代表呀！两位为何偏偏要来争春呢？为何不能让给百花齐放呢？樱桃、杏花、桃花、蔷薇等等艳丽的花儿不都等着要开放吗……"

"我们偏偏就要争春！"两位一齐打断了他的话，"这个时候哪有这些娇艳的花，早春只有白雪融化，梅花凌寒！"

好像很有道理哟！卢钺只好再次让步："那你们继续争吧！"

"那你赶紧给裁判结果！"两位"争气"的姑娘一把扯住诗人。

卢钺生活的时代，是王安石写《梅花》一两百年后，东汉才女谢道韫把白雪比作柳絮将近1000年后。要他给白梅、白雪当裁判，可不是容易的事。他想了又想，就是决定不了谁赢。可是两位在耳边吵个没完，谁也不让谁，这可怎么办？

有了！

卢钺灵机一动，下了裁决：

梅姑娘呀，论白的程度，你可比白雪姑娘差了几分。

白雪姑娘，你也别得意，你没有味道，比梅花少了一股清香。

这是个什么裁决？！还是没输没赢呀！

是来自诗人的裁决呀！输赢不重要，大家都是美好的事物，相互映衬不是更好么？

"偷偷告诉你们一个秘密，其实许多人经常把你们搞混呢！"卢钺这句话一出，两位选手都停住了争吵，互相打量起来。赶紧看看对方有哪些优点，不然被搞混可是很丢人的事呀！

终于"息事宁人"的卢钺非常开心，为了记住这次特殊的成功，他当天便写了日记：

梅雪争春未肯降，骚人阁笔费评章。

梅须逊雪三分白，雪却输梅一段香。

（宋·卢钺《雪梅》）

> 降（xiáng）：服输。
> 骚人：诗人。
> 阁笔：放下笔。"阁"同"搁"。
> 评章：评议文章，这里指评议梅雪的高下。

以上纯属我们对卢钺写作《雪梅》诗大开脑洞的猜想，好在他是位毫无争议的冷门诗人，大概没有粉丝会跳出来骂我们瞎编乱造。

但我们还是得说明一下，毕竟冷门诗人也需要尊重，人家也不是没有朋友。说起来，这位卢诗人的生平事迹，只有"不详"二字形容，谁也不知道他干过什么事，有过什么际遇（应该没有什么了不起的事），但就我们所知，朋友还是有一个的。

卢钺的朋友叫作刘过，曾给他送别，同时作词一首。

语文书上遇见你，冷门诗人

泛菊杯深，吹梅角远，同在京城。聚散匆匆，云边孤雁，水上浮萍。

教人怎不伤情。觉几度、魂飞梦惊。后夜相思，尘随马去，月逐舟行。

（宋·刘过《柳梢青·送卢梅坡》）

泛菊杯深：化用陶渊明诗，指重阳节共饮菊花酒。

吹梅角远：化用李清照词，指春天一起郊游赏梅。吹梅即吹奏《梅花落》。角即号角，但这里指笛声。

有了刘过这首词，我们知道了卢梅坡（也就是卢钺）是他的朋友，要不然卢钺"连朋友都没有"。但问题又来了，刘过是谁？他是辛弃疾的好友，多次与辛弃疾交游，留下不少佳话。比起卢钺来，刘过就知名多了，虽然一辈子流落江湖，没有功名，但文学造诣不错，算得上有名的南宋文学家，词风与辛弃疾相近，难怪成了辛弃疾的知己好友。

辛弃疾是大名人，但辛弃疾只是朋友的朋友，我们的卢诗人依旧是"冷门诗人"一枚。不过，冷门诗人也有冷门诗人的活法，偶尔露出一点神采来，倒也令人觉得另有趣味。

我姓王，你们都听过我画荷花的故事

元代的时候，有个大画家名叫王冕。这个名字你也许早就知道了，说不定还知道他小时候是个放牛娃，喜欢画画，因为"王冕画荷"的故事很是有名。

王冕这个放牛娃不是个认真的放牛娃，因为他老是跑去学堂听课，把牛忘在一边。他的父亲很生气，他的母亲却说："既然孩子这么痴迷读书，就让他去读书吧！"

王冕便跑去读书了。他读书的环境一点都不好，原来他是寄住在寺庙里，晚上要坐在佛堂的长明灯前，才能借着灯光念书。王冕一直坐到天亮，琅琅的读书声没有停过。这个小孩做事不一般，可能是在书中发现了巨大的吸引力吧！

有位博学的前辈叫韩性，是元代有名的理学家，前来跟他学习的人很多。韩性听说了王冕的特别，觉得这孩子不错，便收了他当学生。

多年过去，王冕长大了，但还是那么特别。他老是头戴高帽，身披绿蓑衣，脚上穿木鞋，手中拿木剑，引吭高歌，穿街过市。有时又骑着黄牛走，大声读着《汉书》。见到他的人，都觉得他是个奇人。

一次，有人要推荐他去官府做事，他十分鄙夷，说道："我有田可耕种，有书可读，为什么要去听别人使唤？"

他不去官府干活，反而跑去漫游了。

王冕去了塞北，又去了元朝的京师大都，结果看到了统治者耀武扬威。

从大都南归，他又亲眼看到黄河决堤，官府置之不理，百姓只好四处逃散。

目睹此情此景，王冕已经预感天下将要大乱。

王冕是个大好人，据说在游历途中，他听到有位朋友去世后无人安葬，儿女3人无人抚养，特意去安葬了朋友，带走了那3个孩子。

这一趟游历，让王冕对当时的世态更为失望，他返回故乡后，隐居到九里山，更加不问世事了。他给自己建了3间茅庐，种了千株梅花，起了个外号叫"梅花屋主"，因为他的3间茅庐的大名，就叫作"梅花屋"。

住的地方有了，那怎么养活自己呢？

王冕在田里种起了稻、粱、桑、麻，白天干农活，晚上作画。日子过得很穷困，甚至吃不饱，但他不改志向，拒绝出仕。

王冕是位优秀的画家，特别爱画梅花。在他心里，梅花是高洁的代表，是卓尔不群、淡泊名利的君子。有一次，他画了幅墨梅，顺便题了首诗在画上。

> 我家洗砚池头树，朵朵花开淡墨痕。
>
> 不要人夸好颜色，只留清气满乾坤。
>
> （元·王冕《墨梅》）

这首诗用到了王羲之的故事。据说东晋"书圣"王羲之家有个池子，是他练习书法时用来洗笔的。洗笔洗久了，池水竟然被墨染成了淡淡的黑色，这个池子就叫作洗砚池。王羲之的刻苦，跟王冕读书的时候是一样的，两人又恰巧同姓，王冕便把王羲之认作自家人了。

他题在墨梅图上的这首诗，是优秀的题画诗，甚至比他的《墨梅图》本身还要出名，人们尤其喜欢那句"只留清气满乾坤"，因为它突出了绝不媚俗、保持操守的品格，正是仁人志士们所追求的。

元代以元曲出名，诗词并不突出，要是把元代诗人放到唐朝去，可以说大都是"冷门诗人"。

王冕就是一个"冷门诗人"，他的这首诗其实也并不突出，但"不要人夸好颜色，只留清气满乾坤"，实在是充满了正能量，而且还特别好传播。

有些诗以艺术性出名，它们或许有境界，或许有文采之美；也有些诗别出心裁，它们或许有创意，有巧思。这两者，王冕的诗都没有，他的诗之所以流传下来，靠的是"精气神"，可以说，这是另一种评价的尺度。

> 我被皇帝放弃了,所以……

两三百年前,有一个叫作"康乾盛世"的时代,在这个时代有一个名为查嗣瑮的人。他是个幸运的人,见过有名的康熙皇帝,甚至在皇帝身边待了4年左右。

这4年是查嗣瑮一生中的幸福时光,那时候他堪称皇帝身边的"红人",受到无数人的羡慕。皇帝到哪儿都喜欢带着他,处理朝廷政事的时候带着他,去避暑山庄的时候带着他,过节了还叫他一起看烟火。康熙皇帝有很多接地气的批示,里面或许有一条就是叮嘱这位诗人注意饮食,还让人赏赐药物,因为当时诗人正闹肚子呢。

看到皇帝这样的暖心话,哪个臣子会不感动到要哭呢?特别是,这位诗人走到这一天,真的太不容易了。

这个时候,诗人已经50多岁了。年纪这么大才受到重视,是因为他才华不够吗?恰恰相反,他从小就很有神童的范儿,5岁会写诗,10岁能写很好的议论文,大人们读了他对诸葛亮的独到见解,都要惊叹。到了20岁之后,他开始出门旅行,写很多诗,名气越来越大了。

眼看一颗新星将要闪耀在清代的文坛上,谁知后来发生了一件事,导致这颗"新星"连名字都要改了。原来那时候有个著名的戏曲家,名叫洪昇。洪昇创作了一部名剧《长生殿》,引起了社会轰动。第二年,《长生殿》在皇后病逝不久后继续演出,结果被扣上"大不敬"罪名,不但洪昇被抓去坐牢,他的好友也受到牵连。

洪昇的好友名单中,刚好有我们这位冉冉升起的诗星。查嗣琏也受到牵连,被撤职赶回老家。他十分后悔,把自己的名字改成了查慎行,希望从此能谨言慎行,不再惹祸上身。

一直过了10多年,查慎行才再次等来了一个机遇。康熙皇帝召见了这位有名的诗人,当时一共12个人参加了皇帝的"面试",结果公布后,查慎行发现自己排名第二,第一名竟然是他的学生。虽然学生比他成绩更好,但他还是特别高兴,仿佛进入了天堂一般,这应该是他一辈子中最快乐的一刻了。

查慎行的幸福时光,从这最快乐的一刻开始,持续了4年。这4年他写了很多诗记录康熙皇帝对他的恩情,比如皇帝赐给了自己什么。每天他的心情都非常好,写起诗来神采飞扬。

可惜好景不长,有一次他回老家安葬父母,跟皇帝请了长假。结果一年多之后再回来,康熙皇帝似乎忘掉他的好处了,不再那么关心他了。

查慎行被皇帝疏远,只好多写自己的日常生活,他的诗不再以皇帝为中心,结果反而写出了很好的诗。

语文书上遇见你，冷门诗人

月黑见渔灯，孤光一点萤。

微微风簇浪，散作满河星。

（清·查慎行《舟夜书所见》）

这首小诗堪称查慎行的代表作，今天我们还记得这位诗人，多半就是因为这首诗。比起那些歌功颂德的诗，这首小诗究竟出色在哪儿呢？

就出色在简单、真挚。

它就像日记的一个片段，诗名已经告诉了我们缘起：夜晚在船

诗人景点推荐专栏

有没有人要到查老师家乡看看？还可以找到金庸的足迹哦！

海宁盐官有个海神庙，可以去参观……

是在cue我吗？

海宁盐官海神庙 始建于1730年，依照北京故宫太和殿而建，规模宏阔，布局严谨

上，写写我的见闻。

诗人有什么见闻，值得夜晚挥笔呢？

原来他看到了一盏渔灯，在漆黑的夜里闪着微光。忽然一阵风来，渔灯倒映水中，变成了满河星光。

查慎行大受触动，因为这是希望的感觉呀！再微小的光明也能带来巨大的变化，那是我们在黑暗中依然怀着的希望。

查慎行也许还心存幻想，盼望一阵微风从皇帝的身边拂来，让自己那一点小小的光，也能变成满河星星。

朝廷没有吹来这样的风，反而是一阵小小的诗风，穿越时光吹到了300年后，把这位诗人的光亮吹到了我们面前。而就在200年后，他还有一位子孙后代叫查良镛，是我们非常有名的武侠小说大家，笔名叫作金庸。

皇家旅行团⑥
听说现在游船旅行很火？
游船旅行可以看海！
游船旅行可以做，但先把隋炀帝拉入顾客黑名单。
我身体不适，不要算我……
皇家旅行团又有新花招？
看海团（18）
唐太宗
各位爱卿，有没什么地方推荐？
元稹
去看海。
玉真公主
玩多久？
武则天
乘船旅行可以有！
孟浩然
海上景色应该不错吧？
贺知章
带上酒……
有什么好玩的，都算我一个。
各位大臣回复信件
李唐皇室在搞饥饿营销，汉皇千万别做冤大头啊！

古代孩童怎么玩

幼儿研究社

杨万里
各位可还记得小时候玩过的游戏？

王安石
本朝有童子举，孩子们要努力学习，不可贪玩。（宋朝流行童子举，产生了许多"神童"）

杨万里
儿童就要有儿童样，太早成熟并不好。

王安石
时间宝贵，从小就要重视教育。"年小从他爱梨栗，长成须读五车书。"（王安石《赠外孙》）

（杨万里分享文章《一场失败的追蝶行动》）

（杨万里分享文章《我的玩法特别吗？》）

范仲淹
@杨万里 知道你是儿童诗大师了。

杨万里

儿童就是要追蝶、放风筝、捉知了、偷偷采莲……

白居易

兄台,你们宋人的争论,怎么还扯上我了?(白居易写过小儿采莲诗《池上》:"小娃撑小艇,偷采白莲回。不解藏踪迹,浮萍一道开。")

(袁枚分享文章《牧童出场,戏剧上场》)

袁枚

感动!陆兄竟然读过我这个冷门诗人的诗……(袁枚写了牧童捉知了的诗《所见》)

杨万里

大家都爱说我写了两万多首诗,却不知我看了20万首诗……

白居易

写两万多首诗是有点过分……

杨万里

这个梗过不去了?

雷晨

@杨万里 所以这只是个梗?那我安心多了。

杨万里
@雷震 雷兄写了多少？

雷震
真不好意思讲。（雷震生平不详，只留下一首《村晚》）

千年诗会 拾肆

时间紧急，巡游路线必须定下来了。

我看不如掷骰子决定。

这个想法挺有创意。

折腾这么久，这么一件小事都搞不定？

多争论是好事。

群活跃的秘诀暴露了。

一场失败的追蝶行动

800多年前的南宋时期,有个叫新市的地方,离都城杭州不远。那里处于南北连通的要道,盛行酿酒,吸引了不少文人墨客停留。

春日的一天,诗人杨万里也来到这里。他很喜欢这个地方,每次去京城或者回南京——也就是他此时任职的地方,都要经过此处。而此处有酒、有趣,特别是,还有田园风光。

夏天即将来临,春末的天气甚是美好。酒楼上插着柳条,随风飘拂。村里正准备祭祀先人,一派村歌社舞,节日的气氛十分浓郁。

原来寒食节到了。

杨万里挑了一家店住下。店的主人姓徐,杨万里称他为徐公。徐公的店不在喧闹的地方,而在村落边,乡野风光映衬着这家雅致的小酒楼,可见主人是不俗之辈。

杨万里住下之后,兴致勃勃地看着这一切。徐公店也插着柳枝,寒食节的气氛一点点地蔓延,与村落里的节日风俗融为一体。

古代孩童怎么玩

杨万里忽然想去外面看看。他走出篱笆外,沿着外面的小路一直走,两旁树木的枝条上铺满新叶,若是夏天再来,定会发现这里已是绿树成荫。

正打量着,一阵响声吸引了杨万里的注意。原来是个小孩儿正飞跑着,追着要捉一只黄蝴蝶来玩。蝴蝶翩翩飞离,飞过小路,飞过树头,时高时低。小孩紧追不舍,眼看就要扑到了,糟糕!前面是一片金灿灿的油菜花地,黄色的蝴蝶飞入黄色的油菜花海洋,哪里还能认得出来呀!这场追蝶事件以"失败"告终了。但小孩儿很快又会找到新的游戏。

杨万里也找到了他的乐趣。他回到徐公店,兴致正浓,连作两首诗,名字都叫《宿新市徐公店》。

春光都在柳梢头,拣折长条插酒楼。
便作在家寒食看,村歌社舞更风流。

篱落疏疏一径深,树头新绿未成阴。
儿童急走追黄蝶,飞入菜花无处寻。

(宋·杨万里《宿新市徐公店》)

长条:指长柳条。
寒食:寒食节,原本在清明节前一二日,后来与清明节合并,因此寒食节就是清明节。
村歌社舞:民间歌舞。
一径深:一条小路很远。
新市:地名。
徐公店:徐姓人家开的店。

诗写完,该去喝酒了,这趟旅途真是惬意。

因为杨万里的诗,好几百年之后,我们知道曾经有一个叫新市的地方,那里有一片油菜花地,一天，一只蝴蝶躲入了里面，避免了一场"劫难"，而一个追蝶"失败"的小孩就站在油菜花旁，兴许正跺脚叹气；而在这个有趣而活泼的场景附近，是一条幽深安静的乡道，不知通往哪儿。这一动一静的画面旁边，还有一家徐公店，此时刚好迎来了一位大诗人留宿。

这是一趟愉快的旅途，诗人杨万里看到了一片特别的风景。而我们从他的发现里，又发现了他对田园生活的亲近与热爱，这种热爱深深感染了我们。那个追黄蝶的小孩，那片800多年前的油菜花，就这样走进了我们心中，成为诗歌灵魂的风景之一。

皇家旅行团⑦

皇家旅行团特制访古旅行，安排一下。

收到，马上启动。

名额有限，入手不亏哦。

有没有汉朝古迹？

南朝景点也在里面？

该有的都有，诸位尽管放心。

放学了，赶紧放风筝

草长莺飞二月天，拂堤杨柳醉春烟。

儿童散学归来早，忙趁东风放纸鸢。

（清·高鼎《村居》）

散学： 放学。
纸鸢： 风筝，鸢即老鹰。
村居： 住在农村。

　　草长莺飞的二月里，孩子们也许刚开学，早早地放学了。东风吹来，杨柳轻拂，正是适合放风筝的时候，于是大家赶紧回家拿上风筝，跑到春天的田野里……

　　这是一幅多么活泼生动的乡村风俗图呀！美丽的季节里，美丽的乡野风光，地上奔跑着可爱的孩童，天上飞着可爱的风筝……一切都是生机勃勃的样子。

　　看起来真美好呀！这是一个什么样的时代，拥有这么安宁美好的乡村？

　　这就要看我们的作者生活在什么时期了。

不看不知道，一看吓一跳。原来我们这位诗人作者，生活在一个印象里总是跟"水深火热"这种形容词连在一起的时代，那就是鸦片战争之后。

鸦片战争中，中国被英国打败，变成了半殖民地半封建社会，很多人过着艰难的生活。生活在这样的时代，应该会特别担忧中国的命运、特别担忧人们的境况才对吧？而我们这位作者，怎么好像住在世外桃源，不知道有清朝，也不知道有外国侵略者一样？

这位奇怪的作者，名字叫高鼎。

说起来他可真是个神秘的人物，谁也不知道他做过什么事情，日子过得好不好，有没有受到战争的影响。我们只知道，他写了一首儿童放风筝的诗，写得非常好，诗中那个美好的村庄好像凭空出现一样。

读到这首诗的人，会觉得特别亲切，特别可爱，特别能代入。放学后天色还早，孩子们赶紧趁着东风放风筝，这种"抓紧玩"的雀跃心情，像极了我们自己。哪个人小时候不是一放学就赶紧跑回家，抓紧玩上一把呢？

你也许会问，原来古人也跟我们一样，有上学放学，孩子们也爱玩放风筝吗？

当然有，而且1000多年前就有了。以前风筝叫作纸鸢，是用纸做成鹰的样子，趁风放飞出去。鸢就是一种鹰类猛禽。纸鸢飞到了天上，真的会像雄鹰在空

中翱翔，无论什么时候的小孩子，都会爱上这种游戏。这大约是我们看高鼎这首诗时，会不由自主嘴角上翘，仿佛重返美好童年的原因。

而若是联想到那其实是个怎样的年代，又不由升起一种离奇幻梦感。诗人仿佛进了另一个时空，给我们带来异时空一个既特别不真实又特别真实的画面。

这个高鼎，还真是个特别的人。他还有个小小的争议——与唐朝"诗佛"王维"争夺"起了一首诗的署名权。

那是一首很奇妙的诗，如果你把诗名拿掉，可以把它当作一个谜语。

远远看的时候，山上草木青翠动人，走近去听，泉水和溪流却一点流动声都没有；春天已经过去了，所有花儿都还灿烂地开着，一点变化都不见；人影靠近，鸟儿竟然一动不动。

有山，有春天的花，有可爱的鸟儿，却不像真实世界中，到底是什么奇妙东西？

是一幅画呀！

> 远看山有色，近听水无声。
> 春去花犹在，人来鸟不惊。
> （唐·王维《画》）

王维擅长写诗、作画、音乐等等技能，是盛唐时期的"才艺担当""诗坛大红人"，而高鼎默默无闻，只不过是清朝黑暗时代的一个普通人，生平故事无从考证。但却有人相信，这首赞画之诗，其实出自高鼎。

如果是高鼎写的，那么这首题画诗出现的时代，可要往后推1000多年了！不过说起来，"人来鸟不惊"这样的不变之美，还真是跟高鼎有点配。

这位神秘的高鼎，要是他生活的村庄真的这么平静美好，孩子们真的过着无忧无虑的日子，上学、放学，学习、玩耍，那也是很值得珍惜的幸运之事了。

古代孩童怎么玩

> 牧童出场，
> 戏剧上场

暑假到了，天气变得炎热，乡下的孩子们却迎来了"盛夏天堂"。乡村盛夏有阴凉的树林，有清凉的溪水，还有很多可爱的动植物，就像一个可以不断挖掘的快乐宝藏。

每天在这样的环境中生活，能发现多少有趣的东西呢？

几乎每个乡下孩子都会发现一种有趣动物——蝉，它有个更通俗的名字，就叫知了。夏天去捕知了，这是孩子们非常喜爱的一件事，不管是1000年前，还是刚刚过去的上一个夏天。

200多年前，有一位清代的著名诗人，名字叫袁枚。袁枚是个挺有意思的人，除了诗人的身份，还是散文家、文学批评家，而且有一个"美食家"的身份。

袁枚只当了7年县令，就跑回家隐居，住在南京小仓山的随园，招来了许多弟子（很多还是女弟子），品尝起了美食，40多年后出版了 本《随园食单》，积极向大家分享江浙的美味。这本书成了名著，但出版时袁枚老先生却看不到了，因为出版的前一年他去世了——享年82岁。

袁枚的一生是个愉快的故事，这位愉快的才子有一天来到了乡下，也许他跟小朋友们一样，是来度假休息几天的，但也可能是来拜访朋友的。结果，他发现了一个很有趣的场面。

牧童骑黄牛，歌声振林樾。
意欲捕鸣蝉，忽然闭口立。
（清·袁枚《所见》）

> **振**：振荡，回荡。
> **林樾**（yuè）：道旁成荫的树林，樾即树荫。

原来村路上有个牧牛的孩子，正逍遥自在地骑在黄牛背上，开开心心地唱着歌。这位小歌唱家的歌声在树林里回荡，给这幅"牧童图"增添了许多趣味。

变化突然发生了。

牧童一下子发现了什么，马上停住歌唱，嘴巴闭上，眼睛却睁圆了起来。

小歌唱家发现了什么？难道是发现了200多年前这位叫袁枚的诗人？那时候袁枚可能是个县官，但更可能是个教书先生，没什么好震惊的嘛！

其实牧童见到的，不是陌生人袁枚，而是一只知了。

如果你熟悉乡下生活，便能猜到他这是要干什么。明显就是打算捉只蝉来玩。接下来的情节大概是，牧童悄悄接近了树上的知了，出手捕捉……

古代孩童怎么玩

但诗人袁枚不住下写了,他被牧童突然收声这个"小戏剧"乐坏了,只兴致勃勃地告诉我们:那天我看到了一个牧童,他原本骑黄牛唱高歌,忽然闭嘴去捉蝉。

这个村道上的小变化就像一个乡间小戏剧,也许每个夏天都在发生。乡间儿童的生活就是这么有趣好玩,让人向往。袁枚写这首诗的时候,心里一定也是快乐的,他其实想跟我们说的是:儿童世界多么无忧无虑,可爱有趣;乡下生活多么让人神往呀!

> 我的玩法特别吗?

先秦时期,每年春回大地的时候,天子要到郊外迎春。仪式很有意思,据说要做一只土牛,拉出来表示春耕开始了。

这个风俗一直流传了3000多年,直到现在。有一年,南宋诗人杨万里来到江苏常州,见到了当地的这个风俗,叫作"打春牛"。那是立春前一天,大人们用桑木当骨架,用土填充,特制了一种土牛,然后把这头"春牛"抬出来,大家环绕着它击打,一齐把"春牛"打烂,据说这样一来农民们可以获得丰收。

大人玩的这个"仪式",被旁边的孩子们看到,很快便出了个"孩童版"。一大早,小孩子们醒来了,发现家里的盆子结了冰,便把冰块取出来,拿彩线穿了起来,提在手里敲敲打打。冰块发出的声音仿佛穿林而过的玉磬声,清脆动听,忽然哗啦一声,传来了玉石掉落一样的清脆声。原来冰块碎裂了,洒落一地。

这种小孩子的嬉戏,也许日日发生,没有人会特别在意。但杨万

古代孩童怎么玩

里觉得特别有意思,他不写大人们"打春牛"这种要紧事,而是认真地把孩子们的"笑话"写进了诗。

在美丽文弱的南宋,杨万里与陆游、范成大、尤袤并称"南宋中兴四大家",是4位著名的爱国诗人。"四大家"中,杨万里、范成大、尤袤都是朝廷重臣,只有陆游一生坎坷一生悲愤,甚至落到只能吃野菜的境况。但今天谈起我们最熟悉的宋朝诗人,陆游却名列前茅,他的一生喜怒哀乐都动人。

而杨万里呢?其实那时候他才是"诗坛盟主",陆游也心服口服地说:"诚斋老子主诗盟,片言许可天下服。"("诚斋"就是杨万里的号)杨万里一生爱"开杠",杠同事杠权臣杠皇帝,甚至杠自己。这样刚直的性格给他带来了不少波折,但他还是比大多数南宋诗人都幸福:他拥有强大的"导师团",而他自己成了太子的老师;他有建功立业的机遇,政绩卓著;他创作力爆棚,一生创作两万多首诗,仿佛南宋的摄影师,山川日月花木都逃不过他的"镜头"。

杨万里怼遍朝中人,在孩子们面前却十分可爱,甚至会跟他们玩恶作剧,是南宋有名的"儿童诗"作者。

稚子金盆脱晓冰,彩丝穿取当银钲。
敲成玉磬穿林响,忽作玻璃碎地声。
(宋·杨万里《稚子弄冰》)

> **稚子**:幼儿。
> **脱晓冰**:儿童晨起,从结成坚冰的铜盆里剜冰。
> **钲**:古代一种打击乐器。
> **磬**:古代打击乐器。
> **玻璃**:古时一种天然玉石,也叫水玉,并非我们现在的玻璃。

摄影师一般写下南宋的小池大湖、映日鲜花、嬉戏顽童的杨万里,曾拥有至高的盛名，但他也有自己的偶像。大才子苏东坡，就是杨万里的偶像之一。杨万里曾被调任广东，整顿盐茶市场、平息盗匪之乱，政绩突出。就是在广东惠州，他写下诗句：

三处西湖一色秋，钱塘颍水更罗浮。

东坡元是西湖长，不到罗浮便得休。

（宋·杨万里《惠州丰湖亦名西湖》节选）

虽然杨万里的诗坛影响力终是输给了个性十足的"放翁"（即陆游），但如果我们能对话陆游，陆游一定还是会对杨万里心服口服，因为杨万里爱国，因为杨万里是利国为民的好官。

千年诗会 拾伍

- 通知，今天截止巡游站推荐。
- 快刀斩乱麻，就李白路线吧！
- 你们唐人最好别把时间浪费在争议上。
- 那我来提议，巡游路线跟着苏东坡足迹，能去到天涯海角。
- 反对。
- 可以吃到最特别的美食。

古代孩童怎么玩

一个牧童
过着牧歌生活

1600多年前，南北朝时期有个著名诗人，名叫谢灵运。他才气很高，傲气也很足，对谁都不服，但对一位叫谢惠连的同族兄弟很欣赏，一见到他便有灵感。一次，谢灵运要写诗，但苦思冥想了一天就是写不出来。最后他困了，躺下去睡觉，结果在梦中见到了谢惠连，脑子里忽然有了一句诗："池塘生春草。"

这句诗是谢灵运的名句，看起来写得毫不费力，其实却是他做梦"如有神助"，才得到的佳句。写的是"春草"这样的平凡之物，却自然地传达出春日生机萌动的感觉。一直到现在，只要看到池塘跟春草连在一起，清新的春天画面就会浮现在我们眼前。

南北朝之后，时间又经过了隋朝，经过了唐朝，来到了宋朝。好几百年过去了，南宋有个叫雷震的诗人，有一天可能想起了谢灵运这句诗，也作起了诗来。

当时他应该是去游览村庄，见到了村里的一个池塘。池塘长满青草，池水漫到了岸上。这个景象一下子就让他想起了那个傲气多才的谢灵运，想起了他的名句。

雷震没有谢灵运那么才高八斗。无论在那时候，还是在后世，他都是挺默默无闻的一个诗人，谁也不知道他身上有没有发生过重要的事儿。

我们只知道，他生活在南宋，活着的时候，南宋有一个昏庸无道的皇帝在位，皇帝身边还有个大奸臣把控着朝政。

这些人跟他有没有关系呢？也许有，也许没有。雷震中过进士，应该当过官，也许见过昏庸皇帝和大奸臣贾似道。

当时北方的蒙古大军正虎视眈眈，南宋朝廷已经摇摇欲坠。生活在这样的时代，雷震的内心会是什么感觉？

也许他想找个宁静的乡村，躲起来不问世事吧！

于是，某个下午，他出现在了一个村子里。太阳缓缓地落下，西边的山脉仿佛张开了口，悠然把这圆球咬住。落日的影子映进水池，寒凉的水将它浸透了，涟漪点点泛起。

在夕阳的余晖下，一个牧童横坐在牛背上，缓缓归家。他手里还拿着一支短笛，随心所欲地吹着曲子。

草满池塘水满陂，山衔落日浸寒漪。
牧童归去横牛背，短笛无腔信口吹。

（宋·雷震《村晚》）

陂（bēi）：池塘，水岸。
浸：淹没。
漪（yī）：水波。
腔：曲调。
信口：随口。

这是多么意味深长的"农村春晚图"呀！

古代孩童怎么玩

这个温柔而宁静的世界，仿佛世外桃源，一点都不受"南宋即将覆灭"的恐慌气氛影响。

池塘生春草，春水正漫溢，一个春天又到来了。

落日映山，牧童骑牛，短笛横吹，一切宁静祥和，蕴含朴素的生机。这样一幅普通的农村晚景图，却是很久远之前的南宋，雷震在某一个黄昏无意间留下的"心灵密钥"。今天我们拿起这把"密钥"，便能打开南宋的一个小小窗口，惊奇地看到那时候有一位诗人正迷醉在田园生活中，一个南宋牧童正过着牧歌生活。

我们的心会跟着安定下来，窥看的时候蹑手蹑足，就像面对一幅脆弱轻盈的古画一般。

这幅画我们几乎每个人都能看懂，因为它表达的，正是传承了几千年的田园情怀。

大唐诗会 9

还有人记得我们的重点是"大唐诗会"群吗？

但"皇家旅行团"更火，成功进入了"千年诗会"宣传群名单。

做得好！

这不会也是"冤大头"的功劳吧？

汉武帝可不是冤大头，他是大明星哦。

粉丝心态要不得哦！

千年诗会 拾陆

"千年诗会"巡游站,评选结果出来了。

洗耳恭听。

结果不好的话,我先退个群。

怎么有人像小孩一样任性?

李白兄弟只是在开玩笑。

结果到底是什么呀?

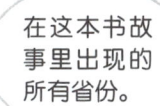

在这本书故事里出现的所有省份。

反对!我们的故事在上一本书!

① 唐玄宗
喂，还有没有人能给皇家旅行团推荐一下景点……

② 高适
我推荐商丘古城的应天书院。

我们现在是这样子的哦！

③ 王昌龄
神秘敦煌，谁也不能错过。

④ 刘禹锡
去黄河源头，那里通往天上。

⑤ 杜甫
不去泰山看看么？那里有我的青春。

更多故事详见《古诗是本故事书》。

我们还会来……